ときめく心

相聞【そうもん】（消息を通じ合う意）万葉集の一部の巻に見える和歌の分類の一つ。広く唱和・贈答の歌を含むが、恋愛の歌が主。（広辞苑第七版より）

はじめに

難しいお年頃と言われる中学生には難しいことがたくさんあります。なかでも思春期に入って出合う恋心は扱いの難しい存在です。初めて感じる恋のモヤモヤは、一番言いたいことだけど言葉にするとかっこ悪い。恋する気持ちは絶対秘密にしたいけど、でも何とかして伝えたい。

というわけで、かっこよくかつ秘密のままで恋心を届けるのが、恋の短歌（相聞歌と言います）を作る国語の授業です。授業では二つ約束をします。

約束一　作者は絶対秘密にします。性別も秘密です。親にも他の先生にも教えません。

約束二　できた相聞歌は印刷して全員に配ります。校内の掲示板にも貼りだします。

こうしてできた相聞歌は千首をはるかに超えました。よみびとしらずの中学生の相聞歌は、性別も年代も軽々と超えます。たとえばこの短歌、私のまわりのおじさんたちを確実に笑顔にします。それも、肩の力が抜ける感じの極上の笑顔です。

「おはよう」と初めて君に言えた朝思わず僕は駆け足になる　（中3男子）

そして、この短歌を一読した大人女子は「ああ、わかるー」と身をよじります。

夜ひとりあなたに会える明日のためにビオレ毛穴すっきりパック　（中3女子）

ひとしきり身をよじったら、自分の娘時代には何をしていたか、怒濤（どとう）の思い出トークが始まるのが恒例です。

ごく普通の中学生が指を折って作った相聞歌です。短歌に詳しい方から見れば、残念な部分がたくさんあるはずです。けれど、巧拙を超えた部分で、はるか昔の思春期に大人たちを連れ戻すスイッチになっているように思います。

だから、というか当然というか、中学生の相聞歌は年々ファンを増やしていきました。一番のファンは何といっても山田博さん（元共同通信社編集委員）です。山田さんに乗せられ励まされ足掛け6年も新聞連載できました。連載中から書籍化のご提案をくださった仙道弘生さんも相聞歌ファンです。大人女子の最強ファンはもちろん菊地由美子さん。6年近く胸きゅん必至のイラストを添えてくださいました。

思春期のときめきは、思春期をくぐり抜けたすべての大人が心の奥に持っています。

どうぞ、ページを開いてご自身の「ときめく心」に再会してください。

桔梗　亜紀

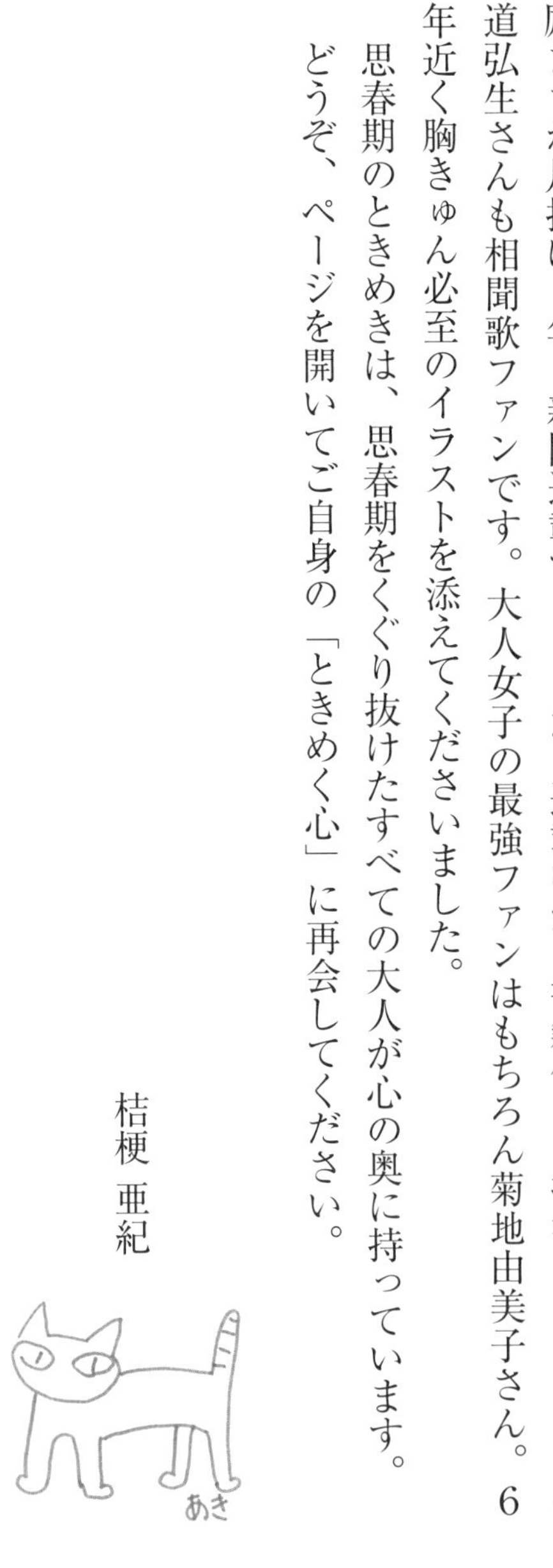

「ときめく心」目次

仮名づかいは常用漢字を基本としましたが、短歌については
原則として作者の表記を採用しました。

春

運命のクラス替え

新クラスがどうなるか、発表の瞬間はまさに運命の時。1日の大半を共に過ごす顔ぶれが決まるのですから。

廊下に名前を張り出すと歓声と悲鳴が沸き起こり、足踏み、抱擁……と、まだ寒い校舎内に熱気が一気に広がります。

そんな中で作者のまわりの空気は静まり返ったままです。

「君の名はない」

このひと言から、作者の失望、いや絶望の大きさが伝わってきます。

もっとも作者も、表向きは、仲のいい男子と大声で騒いでいるに違いありません。

「君」との関係は、ひそかなる片思いでしょうから、一人心のうちで嘆くのみ。それだけに絶望の度合いは深いのです。

一方こちらは発表前。期待がふくらむ時期の歌です。

新学期席替え班替えクラス替え君と一緒になれたらいいな（中2男子）

学年300人規模の学校で、毎年クラス替えがあると、2年続けて同じクラスになるのは4～5人です。3年間ずっと一緒となると一人いるかどうか。

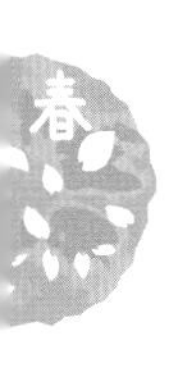

よっちゃんと二年続けて同じ組奇跡を期待また来年の（中2男子）

仲良しのだれかと一緒になるのだって「奇跡」です。ましてや、ひそかに慕う相手と一緒になるなんて、幸運の女神からの、極めてまれな贈り物です。

クラス替え今年のすべて決まる瞬間（とき）

我のクラスに君の名はない

（中3男子）

見ているだけで

あなたをね見ているだけでにやけるよ
大好きなんだあなたのことが
（中2女子）

〈返歌〉
うちもだよ見ているだけでにやけちゃう
スキって気持ちはみーんないっしょ☆
（中2女子）

大好きな男子を見ているだけで笑みがこぼれるとうたう友人に「スキって気持ちはみーんないっしょ」だと返す級友。表現はいかにも語彙に乏しい今どきの14歳ですが、

古来変わらぬ恋心の普遍性を見抜いています。

返歌の作者は、おしゃべりとファッション雑誌が大好きなごく普通の中学2年生。でも、私は、かなわないなあ、と思いました。そして、ついに出てきたなあ、とも思いました。

かなわないのは、自分が大事にかくしている恋の幸福と、他の人たちの恋する心が同じだなんて、14歳当時の私は多分気づいていなかったから。

ついに、と思うのは、だれもが恋する気持ちを大事に持っていることに気づいてほしいと願ったことがそのまま歌になって出てきたから。

教科、道徳、学級活動……あらゆる活動を通して、喜びや痛みを感じる心をだれもが持っていると訴え続けるのが教師の大切な仕事です。が、ベテラン教師の私は知っています。テクニックを駆使した授業よりも、級友からの「スキって気持ちはみーんないっしょ」というメッセージのほうがずっと深く心に届くのです。

こんな歌があります。

友だちの相聞歌を見ていると私の気持ちと似ていて嬉しい（中3女子）

みんな同じように「好き」をかかえているとわかってから、クラスの雰囲気は少し優しくなったように感じました。

こんなに変わる

「付き合ってる」ということになった途端に、日常会話すらまともにできなくなってしまうという作者。相手を意識するあまりのことでしょう。

交際を始めてからの「苦悩」をこんなふうにうたった作品もあります。

難しい恋も女も難しい何がいけない？ 何が必要？（中３男子）

どちらも、権中納言敦忠（ごんちゅうなごんあつただ）の有名な和歌と同じ気持ちをうたっていると思うのです。

敦忠の歌は「思いが通じてからのほうが、片思いの時よりも切ない」と、恋人を持つ人だけが感じられる苦悩をうたって、百人一首の中でも人気の歌です。

中学生と敦忠では、「付き合う」の程度はまったく違います。けれど、彼女がいてこその苦労という点では同じです。

国語科担当としては、古典学習から生まれた作品だ、と胸を張りたいところですが、作者は百人一首を知りません。

でも、同じく百人一首を知らない作者の後輩たちに「先輩の相聞歌と同じ気持ちの

百人一首はどれ?」と質問したところ、迷いなくこの敦忠の和歌を選び出しました。
中学生の作品と同じ気持ちの古典和歌を探す学習はおすすめです。中学生の日常感覚とつながることで、単に「わかる」というレベルを超えて、心情の深いところまで実感できると思うからです。

恋人に変わるだけでこんなにも
変わるものなの? 話すと紅葉(もみじ)
(中3男子)

逢(あ)ひ見てののちの心にくらぶれば
昔はものを思はざりけり
(百人一首・権中納言敦忠)

空回り

空回りあなたにいいとこ見せようと
がんばる自分に向く目はないか
（中3男子）

〈返歌〉
空回り別にそれでも良いじゃんか
そろそろ言葉で勝負しないか
（中3男子）

君にいいところを見せたいとがんばっているけど、見てくれない。それどころか、がんばる姿はわれながら「イタい（みっともない）」から、見てくれるわけがないと思うのに、

君の前ではついがんばってしまう。

そんな自分の姿を「空回り」のひと言が見事に表現しています。

恋心がしっかり伝わるこの作品、大人の男性には、まさに「胸キュン」と好評です。

かつての自分そのものだと顔を赤らめる方もいるほどです。

現代の中学生も、作者の気持ちに引き付けられるのは同じです。

返歌は、作者のがんばりをしっかり認め、「言葉で勝負しないか」と告白の応援まで付け加えています。

片思いされている女子になったつもりで寄せた返歌もありました。


向いてるよあなたのいいとこちら見するがんばる君に知られたくない（中3男子）

自分自身の願望がこもった返歌でしょう。授業では性別を明かしていないので、もらった作者は「もしや」とドキドキしたかもしれません。

女子からの応援返歌はこちら。


がんばって君の姿はかっこいいいつか届くよがんばる姿（中3女子）

「イタい」と思ってるのは作者本人だけらしい、というところ。同級生の共感を含めて、私のお気に入りです。

読者の数だけ物語

毎年授業で紹介するたびに、生徒の好感度抜群の作品です。

理由の一つは、自分も毎日している登下校が題材だから。

同じ中3の感想は、

「自分にとっては、相聞歌の中で一番現実らしいのがこれ」（男子）

「体験のある人は少なくないはず」（女子）

もう一つは、授業では作者の性別を秘密にしているから。性別がわからないと、読者は自分にひきつけて、同性の作品と思うらしいのです。

だから、男子にとっては「近づく足音が好きな女子だったら、本当にうれしい気持ちになるし、期待するから足音が聞こえるたびに緊張する」作品に映ります。

一方、女子の目線では、作者は「控えめでかわいらしい女の子」です。

女子は日ごろの恋バナで相聞歌の読解力を鍛えているからでしょうか、作者の設定が細かいんですよね。

こんなストーリーで作者の思いを読み込んだ女子もいました。

「幼なじみの男子が好きだけど、いつも一緒にいられるのは、彼が作者の気持ちに気付

いていないから」
「だから、今の距離感は壊したくない。自分からアプローチしない分、偶然を装って一緒に登下校しようという作戦」
読者の数だけ物語があるのです。なかなかの名作です。

登下校足音すると振り返り
あなたじゃないかと期待している
（中3女子）

自信なくかわいくないというお前
すごくかわいいって言いたいよ

（中3男子）

〈返歌〉

「かわいい」と言われるたびに下をむき
「かわいくない！」と意地をはってる

（中3女子）

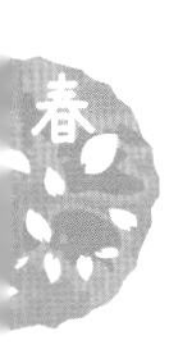

うっわあ、「お前」だって。本当の彼女なんだろうなあ、「あなた」や「君」よりずっとリアルだもん。

実際、作者の彼にはデート場面を詠んだ作品があります。この作品もある日のデートの記憶ではないでしょうか。相聞歌の授業では、作者はだれか、男子か女子か、秘密です。返歌も、本当の彼女からかどうかはわかりませんが、現実の会話を再現しているみたいにリアルです。やっぱり当人同士かしら。

実際のカップルなら、作者には「自分はかわいくない」と言い張る彼女が「すごくかわいい」んだろうなあ。彼女もそれをわかっているのかも。

授業で自分のデート場面を短歌にできる「つわもの」なんてごくごく少数派です。「好きな人はいるけど、告白なんてできるわけない」という圧倒的多数派は、この作品をデートの短歌かも、なんて思いもしません。自分と同じように、作品を片思いの歌と思い込んだ生徒たちから、作者を励ます返歌がずらりと並びました。

言っちゃえば？すごくかわいいその人にきっと彼女はうれしいと思う（中3女子）

「かわいい」と思うあなたはカッコいい勇気を出して今日こそ言おう（中3女子）

言えるから勇気を出して頑張って気持ちを込めて「すごくかわいい」と（中3男子）

あの席に

教室に入ってすぐのあの席に
あなたがいると心が弾む
（中3男子）

〈返歌〉
ちょーわかる今日も一日がんばろって
自然に笑顔あっこっち向いた
（中3女子）

私、生徒の座席表を覚えるのが苦手です。

席替え直後の給食で目の前の男子に「前にも一緒に食べたよねえ」と言ったら、「この1年のうち3か月は、先生の目の前で食べてます」と返されました。

それにひきかえ作者は、教室の座席表、何も見ずにさっと書けそうですね。とりわけ「あなた」のいる「入ってすぐのあの席」の周辺は。

生徒は座席表を本当によく覚えています。席替えが好きな彼らですが、替わったその日の放課後にはだいたい頭に入っているようです。

その記憶の素早さと確かさは、色分けした座席地図を持っている感じです。好きな人の席は一番目立つ色、次に目立つのが好きな人がよく行く仲良しの席、その次が自分の親友席、で、恋敵は警戒色、とか。

返歌は朝の教室風景になっています。

この返歌も朝一番の心模様です。


朝早く入ってすぐにあの席で君を待ってる心が弾む（中3男子）

どっちも「朝」なのは、偶然ではないでしょう。クラスに好きな子がいる中学生が「みんなやってる」ことなんです、きっと。

教室に入って最初に確かめるのが好きな人の席。朝日を浴びてすてきな色に光って見えるんだろうな。

輝く笑顔

実体験か、ドラマや小説での疑似体験かはともかく、「好き」にもいろいろなレベルがあることを中学生女子はよく知っています。そしてまた、この「好きのレベル」をめぐる討論、彼女たちの大好物です。

作者のように、普通に話せて「自然に笑顔に」なるのは、まだ好きになり始めたばかりで、何も考えていない段階なのだとか。

「まだ軽いほうの好き」レベルが、「なーんにも悩まなくていい、片思いの一番楽しい時期」なんだそうです。

もっと好きになると、緊張して普通の会話ができなくなる。顔が赤くなるから近くにいられない。会話の後は、相手の言葉の意味をいつまでも考えてしまう。

さらに進むと、告白すべきか否か、するならどうやってするか。ひたすら迷い、悩む毎日がやってきます。

「ああなったらもうビョーキだよねえ」と一人が言えば、全員が同意します。

「恋の病」という古典的表現を知らない彼女たち。でも、その状態をビョーキと言い当てたのに妙に感心する私でした。

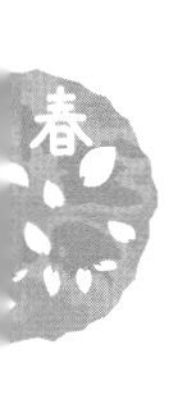

話すたび自然に笑顔になっていく
理由は君の輝く笑顔
（中3男子）

〈返歌〉
話すたび好きな気持ちはデカくなる
また見たくなる輝く笑顔
（中3男子）

さて、返歌がもう一首。こちらは、作者より進んだ「好き」レベルのような気がします。
話すたび自然に笑顔にさせていくそういう人に僕はなりたい（中3男子）

チャリをこぐ君

会いたいとせかす気持ちがチャリをこぐ
今どうしてる約束の場所で
（中3男子）

君待つと我が恋ひ居れば
我が屋戸のすだれ動かし秋の風吹く
（万葉集・額田王）

なんと、現代のチャリの君と万葉歌人の額田王が、見事にひびき合っているじゃないですか。

万葉集は中学生には遠いかなたのガラスケースに入ったお宝。でも、そこに現代の相聞歌を投入すると、等身大の恋する心が浮かび上がってくるのです。

デートの約束時間に遅れているチャリの君。部活動が長引いたのか、はたまた塾か。「せかす気持ちがチャリをこぐ」のですから、とんでもないスピードを出していたに違いありません。

中学3年の古典教材には、万葉・古今・新古今の三大歌集から十数首が取り上げられています。その一つが、額田王が天皇を待つこの歌です。

何の説明もなしに歌の意味をくみ取るのは至難のワザのはずなのですが、授業でチャリの君の作品を取り上げ、「チャリに乗ってる男子の気持ちにぴったり合う歌を探して」と言ったとたん事情は一変しました。

「これっ、これしかない」「絶対来るって信じてるから風が吹いても来たって思っちゃう」「どっちの歌もラブラブだし」

グループで相談するとたいがいすぐ正解です。どちらの歌にも補足の説明はいりません。質問があるとすればこれです。

「先生、すだれって、ざるそばの下のやつ?」

憧れのワンシーン

「守りてえ」危なっかしく転ぶ君
本当は両手で支えたかった
（中3男子）

この作品、いつも体育祭直前の授業で紹介しています。

「どういう場面の短歌かなあ」と質問すると、女子生徒の間でささやき合いが広がります。

「ちょっとドジな女の子。荷物持って歩いていて転びかけ、で、男子が助ける、って感じ」

「じゃなくて、二人三脚で男女ペアだと思うけど」

「男女混合リレーのバトンパス。『君』が転びそうになってるのに、自分もバトン受け取って走らないといけないから助けられない、みたいな感じじゃないの」

返歌にも……

〈返歌〉

転びかけたその瞬間に
あなたの手ぱっと動いた嬉しかったよ

（中3女子）

「走ってるのは女子。彼は応援してるんだよ」
「じゃあ手が動いたのわかんないじゃん」
「助けてもらったわけじゃないけど、転ぶ瞬間にちらっと見えた彼が、助けたいって顔してたんだよ」

出てくる、出てくる。目は、もうキラキラです。いつか私にも起きるかもしれないあこがれのワンシーンなんですね。

発言はどれも「私はこういうドラマの主人公になってみたい」という告白にしか聞こえません。

そういう私も、懐かしい気分でいっぱいです。

思春期のころ、友人と盛り上がった昭和の少女マンガと同じ世界です。

いつの時代も女子は「両手で支えてほしい」と夢見ているのです。

君の匂い

「君の匂い」はきっとデオドラント剤の香りでしょう。ほとんどの子が体育の後にお気に入りの香りをつけまくります。次の時間の教室は匂いが充満しむせ返りそうですが、生徒同士は「あっ、これは○○ちゃんの匂いだ」とか言っています。

君の匂い今でも胸に残ってる
匂いするたび胸苦しくて

（中3女子）

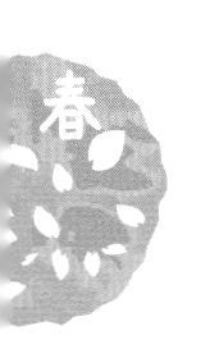

私のまわりの大人たちにこの作品は大人気です。大人になりかけの少女の気持ちがよくわかるからでしょう。

「いいねえ。女の子らしいよねえ。キュンとするわあ」と言ってくれた女性教師も「私にもこういうころがあったわ」と昔の自分を重ねます。

驚いたのは男性教師！　作者は秘密なのですが、男子の作品だと信じ込んでいるのです。

「いやあ、これ、まさに男の実感ですよ。好きな子の香りって記憶に残るんですよ。ほんと、この辺に」と胸をなでている。太鼓腹でも、心は10代に飛んでいます。

同じく別の一人は……

「悔しいね。こういうことさらっと短歌で言っちゃっていいわけ？」

なぜか顔を赤らめ、いつになく冗舌。

かつて自分では言語化できなかったもやもやとした感覚が、ズバリと短歌になっていることが、よほど衝撃だったのでしょう。自分が感じていたものを言葉にするところだったのか、という発見だったのかもしれません。

心に太陽

あの人が「おはよう」という
いい声だ僕の心に太陽昇る
（中3男子）

私、この歌大好きです。人気マンガ「ワンピース」で、恋するナミさんに珍しくやさしい言葉をかけられたサンジの短歌、と言ったらぴったりはまりそう。

単純だけどこういう気持ちが持てるってことがすてき。いろいろあるけど、とりあえず、毎朝学校に来れば心に太陽が昇る。素晴らしいじゃありませんか。

中学生活、苦しいことや悲しいこともいっぱいあるけど、「君ならやっていけるよ」と言いたくなります。

ただ、この大げさな表現、後輩女子はちょっとお気に召さないようで。

「普通におはようって言っているだけなのに、太陽まで昇らせないでほしいわ」

「そこまで感動されたらドン引き」

というわけで、後輩による推敲（すいこう）作品はこちら。

あの人がおはようといういい声だ僕の心におはよう響く　（中1女子一同）

中1の国語では相聞歌は作りません。でも、先輩の作品を鑑賞する学習はダントツの人気です。

「妄想の恋で盛り上がる」という中1女子の皆さん、本気で好きな人の声なら、太陽も昇るかもしれないよ。

先輩はこんな歌も作っています。

恋かなと思う間は恋じゃない本当の恋は心が燃える　（中3男子）

絶対告る

意中の彼女に告白する。これが、作者が中2の終わりに決めた「第3学年の目標」です。

「クラス替えで違う組になったらどうする？」

そう尋ねると「違うほうが告りやすいっす」と返ってきました。

ということは、今この教室に彼女がいるのか。

それにしては君、声が大きいよ。しかも「傑作ができました」と作品を黒板にでかでかと書いたりして。興味津々で耳を澄ましている女子の存在にも気づいてないし。

そんな作者だからこそ、告白の練習をしなくちゃいけないんですよね。でも100回で足りるかな。だって、普段女子とまったく会話しないんですから。

女子としゃべって掃除をしない男子がいると愚痴る彼に、悔しかったら自分も話したらどうかと答えたときのこと。

しばらく黙っていた彼、やおら大声で、

「おい、亜紀。先生、亜紀って名前でしたよね。おい、亜紀！」

まわりにいた男子に、先生を呼び捨てにするな、とたしなめられて、高らかに一言。

「いや、俺は今、女子の亜紀としゃべってるんだ」

いいねえ。大人になってしまった「女子の亜紀」はこういう男子が大好きです。健やかな恥じらいの持ち主、とでも呼びたい気がします。中学生女子にも、彼の良さが伝わるといいんだけどな。

来年度絶対告(こく)るあの人に
家で百回練習してから

（中2男子）

私の宝

「これいらんお前にやるよ」と渡された
大事にしてる私の宝

（中3女子）

間違いなく作者は片思いですね。
なぜなら、「お前」と呼ばれているから。
彼とはごく普通に話せる関係ですが、
自分を「お前」と気軽に呼ぶ男子は、
自分を恋の対象にしていない、
というのが女子の一般常識です。
「これいらん」と渡されたものを作者が宝物にしていることは、彼には決して知られたくない秘密でしょう。
返歌の女子は「大会でお守り代わりに持っている」のですから、同じ部活動の男子からもらったのかも。作者と同じような片思いなのでしょう。

〈返歌〉
大会でお守り代わりに持っている
あの人くれた私の宝　（中3女子）

日ごろから互いの秘密を打ち明け合っている友人同士の、短歌のやりとりのようでもあります。

女子にもらった「いらないもの」を宝にしている男子からの返歌です。

オレの宝もしかすると君にもらったいらないものかもしれないよ（中3男子）

これを受け取った作者の感想は「むっちゃびっくりしたし、超うれしかった」。あけっぴろげな言い方からすると、意中の彼からの返歌ではないと判断したようです。

クラス全員にストラップなどが配られる時、他の子からもらってたくさんカバンに付ける男子がいます。

あの中にも「宝」が入っているかもしれません。

異論飛び交う

消しゴムのかすを集めて投げつける
僕の気持ちをスピードにして
（中3男子）

この男子、だれに向かって、なぜ、消しゴムのかすを投げているのでしょうか。わたしの授業には珍しくも喜ばしい、異論飛び交う問題作です。

意見その1。作者は片思い。場面は授業中。ちょっと幼稚な男子で、自分より前に座っている好きな女子に振り向いてほしいなあと思って消しかすを投げている。かわいい子にいじわるする小学生って感じ。

意見その2。両思い。場面は授業中。ラブラブだから、授業中でも彼女にちょっと合図を送ってる感じ。忘れてないよ、とか、どう、元気？　とか。女子の席は作者の前でも後ろでもいい。授業のちょっとしたすきに投げる感じ。

意見その3。失恋したところ。場面は授業中。消しかすは、自分が好きだった女子と付き合ってる男子をねらって、くそって感じで投げてる。

意見その4。失恋したところ。場面は授業中。自分を振った女子をねらって、怒りをぶつけるように投げている。

意見その5。片思い。場面は授業中。作者が片思いしている女子と付き合っている男子をねらって投げている。嫉妬みたいな感じ。

みんな、持論を力強く展開して譲りません。それだけ自分と近い作品なのでしょう。それにしても、どの意見も消しかすを投げるのは授業中というところだけは一致しているなんて。残念わたし……。

乙女心

午後一時顔を上げれば君がいる
今日のお肉はどうして食べよう
（中3女子）

〈返歌〉
お肉はなあがぶっといくのが一番だ
おいしく見せればもっといいかも
（中3男子）

男女が向かい合わせで食べる給食はドラマチックです。大好きなフライドチキン。でも目の前には好きな人……。いじらしい乙女心があふれていますね。

作品を読んだあるお母さんの感想は……

「お肉が食べられない気持ち、とってもよくわかります。昔、憧れの彼の前でおなかはすいているのにスパゲティがぜんぜん口に入らなくて、たのんだのを後悔したことを思い出しました」

思春期真っ盛りの中学生。女子には、大口あけて食べるのははずかしい、という文化が突然やってくるのです。給食をちまちま食べるという時折やってくる女子の流行は、担任にしてみれば、食べる時間が長くなるのでうんざりなんですけど。

作者の彼女。朝練習があるハードな運動部に所属。午前の授業中から、筆箱に入れた給食の献立表をこっそり見ているのを知っている私は「君にフライドチキンは我慢できない」と突っ込みたいところです。

いじらしい乙女心の裏側をのぞいてみれば、肉を残す気はない、でもかわいらしく食べたい、という激しい葛藤がうずまいているのです。

でもずっと一緒に給食を食べてきた男子には、こんな乙女の微妙な心情が理解できるはずもありません。

相も変わらず、「がぶっといくのが一番」なんです。

憧れのままで

遠い憧れの人から「好きでした」なんて。あまりの驚きに走らずにいられなかった。そんな作品だとずっと思っていました。

「意味もないのに」と書いているけど、多くの「大人」はきっと同じ解釈をすると思います。

映画でも、恋する男女はよく走ります。私の好きなロバート・デニーロも、「恋に落ちて」で走っていました。

ところが、中学生の受け止め方は、違うのです。

恋バナ（恋愛の話をこう言います）で盛り上がる中1女子の輪の中にこの短歌を投入したら……。

「これ、ショックだったんだよ」

「うん、わかる。彼のかっこ悪いところ見ちゃったもん」

「そう、告る（告白する）時って赤くなったりもじもじしたり、カッコ悪いじゃん」

えっ、そうなの？　そういえば、ロバート・デニーロも駅の雑踏で人にぶつかったりして、ちょっとぶざまだったかも。でも、好きだった人に告白されたらうれしいんじゃないの？

答えはこうです。

「憧れの人は憧れのままがいいんだよ」

「うちのお母さんも、付き合うとがっかりするだけだから、片思いが一番好きなままでいられるって言ってるよ」

中1女子にこんこんと諭されました。

憧れのあなたに言われた「好きでした」意味もないのに走って帰る

（中3女子）

オレ様モード

十五歳彼女の一人も欲しいとこ
運命感じずまた先送り
（中3男子）

〈返歌〉
きっと来る出会いは絶対現れる
そのときこそがあなたの運命
（中3男子）

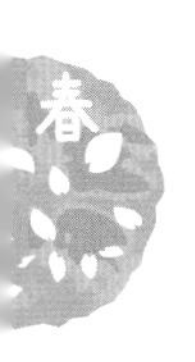

「運命感じずまた先送り」という表現が、中学生らしさを象徴しているようです。人生の決定権は常に自分にあるっていうか、オレ様モード全開っていうか。どうせオレなんかには……という発想自体がない。

作品への返歌を寄せ合う次の授業。クラスメートの反応は、私の予想通りでした。まず「運命感じず」と言われた女子。歯牙(しが)にもかけない、という感じで返歌はなし。一方の男子諸君。作者と同じような男女交際未体験者から、「オレ達これからだぜ」とエールを送る返歌が寄せられました。

勉強は「がんばってもわからん」ってすぐ言うくせに、こと、恋愛となると未来が明るいのが15歳の特徴でしょうか。

世界的なロックスター、エルビス・プレスリーが「好きにならずにいられない」と歌っているように、自分の意思では操れないのが「運命の出会い」のはず。なのに、好きになるかならないか、自分の意思で決められると思っている。中学生の特徴の一つかも。

とはいえ、いまだ出合わぬ運命の恋。どうぞお楽しみに。ある朝、こんなふうにやってくるかもしれません。

「おはよう」と言われてびっくり心臓がドキドキしてるこれって恋?（中3女子）

輝く青春の恋

目を閉じて最初に浮かぶ君の顔
そして聞こえる心の鼓動

（中2女子）

「いいねえ、純粋で」「若いっていいねえ」

大人たちに大人気の作品です。

「恋をするというのは、こういうことなんだよなあ」ってつくづく思わせてくれるからでしょうね。

大人の皆さん、きっと読んだ瞬間に、若き日の『恋する自分』がよみがえってくるんですね。だから「若いっていいねえ」という言葉が自然と出てくるのです。いくつになっても、青春の恋は輝いているんですね。

14歳の拙い言葉なのに「恋をしたらみんなそうなる」っていう、つまりが、恋を定義する短歌にも聞こえてしまいます。

だれかを純粋に好きだ、と思う気持ちをうたう短歌は、読む人の気持ちもきれいにする力を持っているように思います。

もっとも、それは作者が匿名で、しかも短歌の形式だからこそかもしれません。

わが娘の作、と知ったら、お父さん動揺するだろうなあ。

聞かれても絶対に教えませんけど。

もしも、自分の今の状態を事細かに説明した普通の作文だったら、どうでしょう。

中学生の反応は「こいつ、イタい」になってしまいそう。

イタい、というのはみっともない、恥ずかしい、という意味です。

だから、一番大事にしまっている気持ちは、匿名の短歌表現がぴったりだと思っています。

あなたの夢

好きな人の夢が見たい。
だから彼の写真を枕の下へ。
片思いの作者にとって、眠る前の儀式なのでしょう。
取り上げた平安歌人、小野小町の
「好きな人に夢であえるように、衣を裏返して寝る」
という和歌と、思いは同じです。

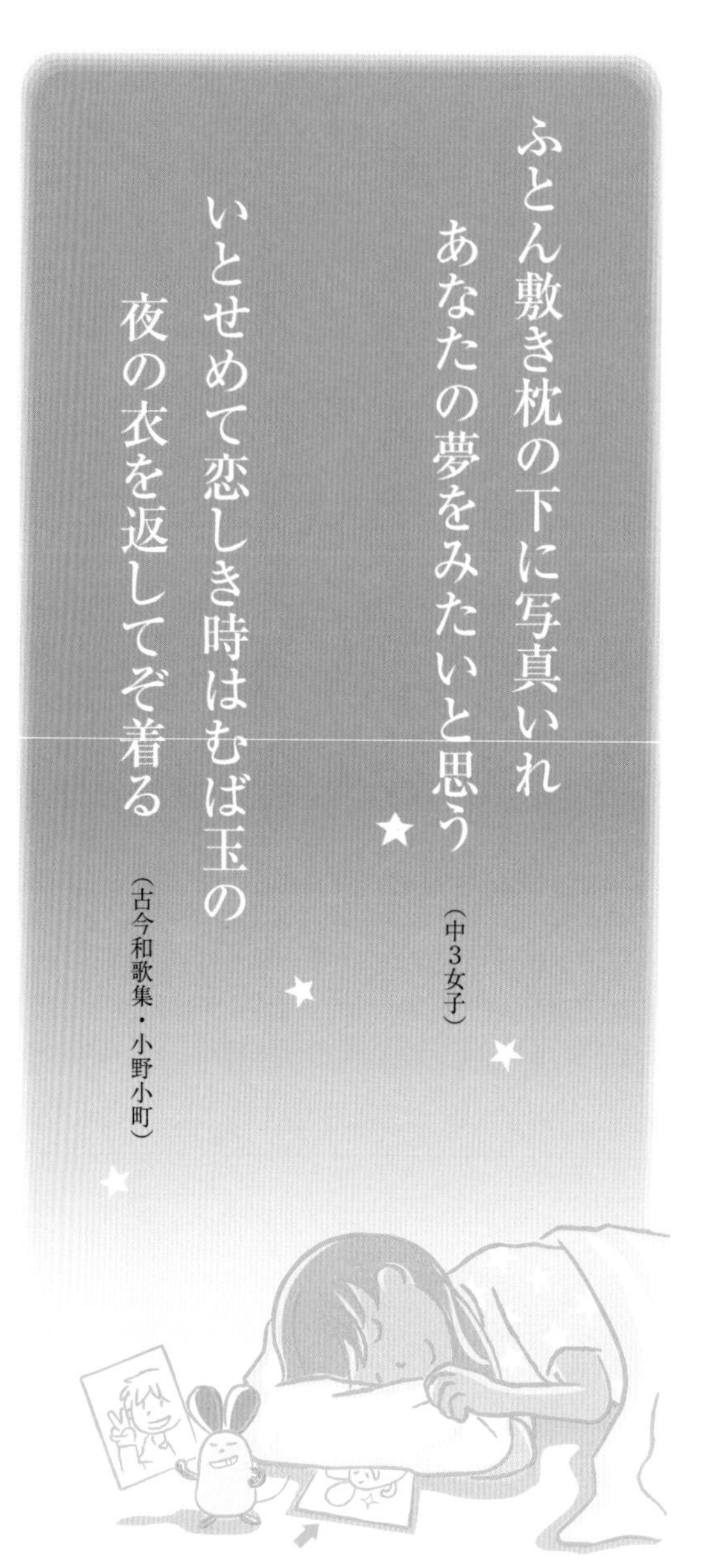

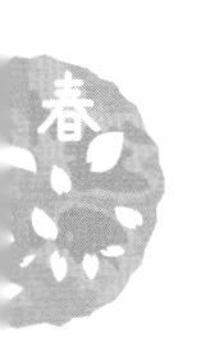

こんなふうに「好きな人が夢に出てきますように」と何かのおまじないをするのって、時代を超えて、ごく自然な、いやむしろ、あまりにもありきたりな恋の風景かなあ、と感じていました。

実際、「恋　おまじない　夢」でネット検索すると、だれでもできる「お手軽」なおまじないがいっぱい出てきます。

ところが、です。この生徒作品をプリントに載せて配ったら、男子グループから、笑いと奇声が起きたんです。

「こいつ、イタい」

「マジやばい。ストーカーじゃないの？」

……ということになるらしいのです。

えっ、それってどういうこと？

びっくりした私。イタいと騒いだ男子のこんな感想を発見しました。

「作者はイケてないけど、カッコつけてもない。この行動は恥ずかしいけど、正直に恋と向き合っている」

正直な恋。確かに、はたから見ても恥ずかしい。「こいつ、イタい」は気恥ずかしさからの叫びだったのかもしれません。

今日こそは

授業後提出された作品を初めて見たとき、私、中学生ふうに言えば、かなりムカついてました。

「今日こそは」って何回言えば気が済むんだか。ふざけて作ったと感じちゃったんですよねえ。半ば八つ当たり気味に隣の男性同僚に見せました。

「全員の作品をプリントに載せるって約束したんですけど、これはふざけすぎですよねえ」

ところが、同僚はまったく違う見方でした。

「いやあ、これはいいよ。素晴らしい。中3男子そのものだ」

もう、絶賛の嵐です。

解説によると、「今日こそは」したいと思っていることが、「告白」なのか、「おはよう」っていうだけなのかわからないが、どっちにしても、うじうじしている自分と、それにダメだしするもう一人の自分がいる。それこそが中学生だと。

で、作者の日ごろの様子を思い浮かべながらこう考えました。

他の、切なさいっぱいの相聞歌と並べたらおちゃらけてるけど、本音なんだな。毎日重大決心して登校するわけではないだろうけど、何か、一歩を踏み出したいと思ってる

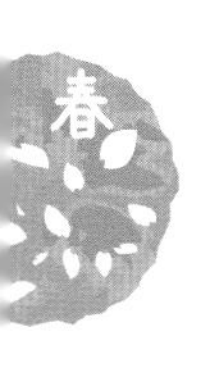

んだろうなあ。
女は関係ねーぜ、って顔で男子集団で騒ぐ毎日は、それはそれで楽しい。だけど、そうではない毎日もほしい、友達いっぱいの人気者とは違う自分にもなりたい、ってことかな、と。

今日こそは今日こそは今日こそは
今日こそはと今日もまた終わる
（中3男子）

笑顔が見たい

市総体あの人の部はどうだろう
勝ったあの人の笑顔が見たい

（中3女子）

〈返歌〉

あの人と一緒に行きたい県総体
両者勝利で満面の笑み

（中3女子）

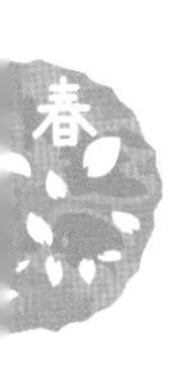

「総体」は総合体育大会のこと。市、県、全国までと続く運動部最大のイベントです。3年生の多くは、負けた瞬間に部活から引退です。

この作品は、市大会半月前の授業で生まれました。追い込み練習でくたくた、心は大会でいっぱい、教室を流れる初夏の風は眠気を誘う……。3年の授業で一番盛り上がらない時期でもあります。ところが授業が終わると校内の空気は一変します。体育館に、グラウンドに、気合の入った声が響き渡ります。

部活動の顔と教室の顔はまったく違います。中学生の二つの顔をつくづく感じるのがこの頃です。

作者も、授業は上の空で部活のことを考えていたのでしょう。ちらっと見れば、「あの人」も、魂の抜けたようなけだるい顔で座っています。でも彼女の知っている部活中の彼は輝いていて、別人です。その彼が勝った瞬間の笑顔はどんなにすてきだろうか、願いを込めて想像しているようです。

返歌の女子。「あの人と一緒に行きたい」ということは、彼とは同じ部活ですね。互いの勝利をたたえるハイタッチの場面でも思い浮かべているのでしょうか。

大会を前にした「生の気持ち」をしっかり伝えてくれる作品です。

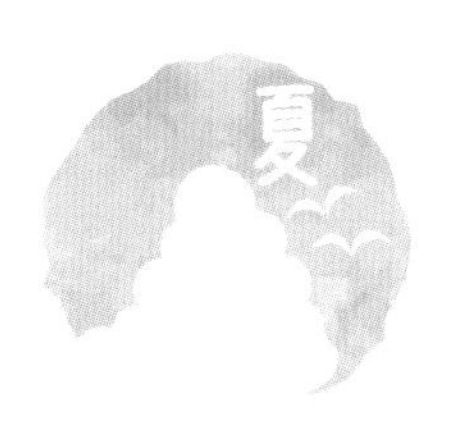
夏

一度でいいから

「キモい」には、見苦しいのほかに、はたで見ていてみっともないと感じる、そのみっともなさが気の毒だという語感がありますね。今は「イタい」と表現している子も多いようです。

中学生は、前髪をちょっと切りすぎたことが欠席の理由になる自意識過剰なお年ごろです。キモいと言われることは、繊細な子にとっては立ち直れないダメージ、どんな楽天的な子にとっても、いいことは一つもないといった感じの言葉でした。

キモいと言われなれてるという彼、給食の牛乳をふき出して女子からキモいコール浴びてたけど、そっかあ、彼女ほしいよねえ。

返歌が来るといいなあ、と祈りつつ迎えた翌日の授業。女子が、私にささやきかけてきました。

「先生、彼がそんなに気にしてると思わんだった。つい言ってしまうに。ノリって言うか。悪かったあ。謝らんといけんと思うけど……」

授業では、作者は秘密。直接謝罪する代わりに贈られたのが紹介した返歌です。

異性との交際経験なし、恋人がいなくても平気、という独身男女が増えているとか。

ですが大人と違って、中学生には、未来は無限大なのです。
クラスの男子が贈った返歌はこれです。

キモいって言われたからってしょげるなよお前の人生まだまだ長い
（中2男子）

キモいとは言われなれてる俺だけど
一度でいいから彼女が欲しい
（中2男子）

〈返歌〉
またキモいしか言えなかったダメな私
ごめんねをいう勇気もなくて
（中2女子）

夢の夏祭り

ドキドキをため続けてる二週間
当日心臓壊れそうだな

（中２女子）

この作品、緊張しつつも静かな日々を過ごしている感じがします。いったい２週間後に何があるのでしょう。

バレンタイン・デー？　いや、それは違うと思うなあ。手作りチョコが主流の今、当日まではすること満載。悠長にドキドキをためているゆとりはない。作ったり、ラッピングしたり、ドキドキは放出しっぱなしだもの。

ほかに予定がはっきり決まっていて、ドキドキする場面がありそうなもの。中学校なら、修学旅行と体育祭が双璧です。

だとすれば修学旅行はいかにもありそう。

でもなあ、３日間あるのに、当日っていう限定した表現がちょっと合わないよね。

体育祭。これは、準備期間自体が、静けさとはかけ離れた、ドキドキする場面の連続です。

女性の同僚とここまで話して、同時にひらめきました。

「これ、夏祭りだ!!」

お祭りを家族と楽しむのは小学校卒業まで。友人同士でちょっと冒険に出かけるのが中学生の夏祭り、かな。

花火大会に彼氏と出かけることは、女子の夢なのだとか。お祭りなら、当日まで準備もないし、ただ、ドキドキをためるだけ。

彼女たちがよく言う「恋の妄想」に浸りまくっているから、もう、心臓壊れるくらいのドキドキシーンが、作者の頭の中で〝絶賛放映中〟なのです。

現在進行形

挨拶(あいさつ)はいつも返してくれるけど
恋の返事はまだ未返信
（中3男子）

相聞歌を作る授業。お題は「恋愛」ですから、普段のお勉強とはかけ離れた雰囲気です。でも、私、言葉遣いにはけっこううるさいのです。

この男子作品もいつもなら、

「未返信っていうなら、『まだ』は、ないほうがいいよ」

とか、すかさず突っ込みを入れるところです。

でも、何も言えませんでした。彼があまりにも真剣だったので。

あっ、これ、現在進行形の切実な問題なんだなあ。相手は同じクラスにいるのかも、と感じました。

次の授業では、クラスメートの相聞歌を読んで、返歌を作ることになっています。作者は、意中の彼女に読んでほしい、と勇気をかき集めて提出したのかもしれません。

さて、翌日の授業。彼女からの「恋の返事」はありませんでした。

まあ、現実の学校では、ドラマのような劇的なことはそうは起きないのですから、予想通り、ではあります。

代わりに届いたのは励ましの返歌。いい返事が来ると励ますのがいいのかどうかは別として、待つ彼のつらさを見抜いているところがなかなかのもの。

「まだ未返信」という不器用な表現に、彼のせっぱつまった気持ちがあふれているのがわかったのだと思います。

〈返歌〉
返信を待ってる間は辛(つら)いけど
その分きっと返事はいいよ
（中3女子）

花火の季節

今年も来た花火の季節恋の季節
私の季節一人の季節
（中3女子）

花火の季節、つまり真夏は、恋の季節でもあるし私の季節でもある、と高らかに宣言した後に「一人の季節」ですか。

こういうのをお笑いで「一人突っ込み」というのでしょう。

夏祭りや花火大会が、家族の行事から友達とのわくわくイベントに変わるのが中学生の時期。

中1は、今までと違うわくわく感を発見する年。中2は、自分たちはどうするか、気になる男子のグループはどうするか、情報集めや駆け引きを初めて本格的にする年。

そして中3の夏。こんな感じで花火が見たいっていう『夢のシナリオ』はばっちり準備済みです。けど実際のところ、一緒に見る相手なんてクラスにいるのか、とも思ってる。だから、一人突っ込みなんだろうな。

水郷祭あなたと一緒に行きたかった来年こそは行けるといいな（中2女子）

〈返歌〉

水郷祭だれもが望む「カップルで花火を見ること」見れたらいいね（中2女子）

そう、「カップルで花火を見ること」は、中学生にとって「だれもが望む」夢なのですね。ところで、夢をかなえたカップルには、花火当日の移動手段の確保が最後の難関でした。しかし、女の子の甚平姿もすっかり町になじんだ昨今、「甚平でそろえて、チャリで一緒に」が至福のシナリオだそうです。

幼い男子

えっ、ドッジボールですか？　アニメ「ちびまる子ちゃん」の3年4組の話かと思ったら、うちの中3男子ではありませんか。

体育で男女一緒のドッジボールはしないと思います。おそらく、レクリエーションの一場面でしょう。ＰＴＡ活動では、親子でのドッジボール大会も結構人気です。

いやまあ、確かに、中3男子が全力で投げる球は、かなりの威力です。でも、「君にだけは当てられないな」と言われて、中3女子が喜ぶかどうか。「はあ、ドッジで何かっこつけてんの」っていう感じじゃないかなあ。

ドッジボール全力で投げるその球は
君にだけは当てられないな

（中3男子）

〈返歌〉

スポーツはどんなときでも全力で
中途半端な気持ちはダメだ

（中３男子）

運動部で鍛えた女子なら「へなちょこ球なんか投げたら、わしづかみにして当て返してやる」くらい言うかもしれません。

ですから、女子から返歌がなかったのは、作者には申し訳ないけど、順当なところかと思います。

そして、返歌の男子。

「スポーツはどんなときでも全力で」って、間違いではないけど、レクのドッジで熱く語られても……。まる子ちゃんのクラスの学級委員、丸尾君のセリフのようです。

まあ何というか、中３男子の幼い部分を見せてくれる作品です。

でも、彼ら、イケてない（かっこよくない）かもしれないけど、間違いなく「いいやつ」ですよね。

恋ブーム

いつの間に？ 周りが急に恋ブーム
乗り遅れたよ「波乗りジョニー」

（中３男子）

〈返歌〉
君はまだ乗り遅れてはいないんだ
いつしか乗れる希望の大波

（中３男子）

「波乗りジョニー」は「青い渚（なぎさ）を走り　恋の季節がやってくる」で始まる桑田佳祐のヒット曲です。コーラのＣＭにも使われました。

そう、中学生にも「恋の季節」があるのです。

作者は「恋ブームに乗り遅れたよ」と焦る気持ちを表現していますが、それは、ある日突然始まるようです。私の耳に入るころには、すでに盛りは過ぎています。

中学生の恋は、友人が大きな役割をします。

告白をするかどうかの相談に始まり、告白に付き添う、告白を友人に頼む……などなど。

だからだれか一人が動き始めると、協力した子が「次は自分の番」と続いて恋ブームになる、というのが私の分析です。

焦りは、まわりがまぶしく盛り上がっているのに、自分の番が回ってこないのはちょっと悔しい、という気持ちかな。

ヒット曲に引っかけて表現したところは、うまい！

「いつの間に？」と言っているけれど、情報キャッチは早かったはずです。

この２、３日にドミノ倒しのように起きた出来事を今日知った、くらいじゃないかなあ。

でも、大丈夫。返歌が言うように「希望の大波」は「いつしか乗れる」もの。

何度でも青い渚を走ってくると思うよ。

じれったい

笑ってる君と話せる機会待つ
隣に座るあいつが邪魔で

（中３男子）

〈返歌〉
大丈夫いつかは話せるそのチャンス
つかみ取ったらあいつも消える

（中３男子）

授業の合間の一コマでしょうか。

意中の「君」が笑っているのは、隣の男子とのおしゃべりが盛り上がっているのでしょうか。「話せる機会」をうかがっている作者にはねたましい情景です。

休み時間には、作者も普通にだれかとしゃべったりしているはず。

でも、意識は視界の端にいる彼女に集中しています。

いじらしいというか、じれったいというか。話したいなら、自分も近づいて会話に加わればよさそうなものです。

それができないのは、告白の予定がない片思いだということかなあ。

それにしても、作者は、話すチャンスはどんな場面だと想定しているのでしょう。

「あいつ」と入れ替わりたいという願望はよくわかるんだけど。なんだかなあ、じゃあ、どうする、という肝心のところがないんですよね。

返歌の男子も「いつかは話せる」とか、何とも気が長い応援メッセージです。

二人とも「草食系」なんでしょうか。

一方で、対照的な返歌も。


がんばっていつまで待つの言っちゃえよ隣に座るお前が邪魔です（中３男子）

送り主のモットーは「行動あるのみ」だそうですが、このアドバイス、作者には実行不可能だと思うよ。

友人の恋

「相談された」ということは、友人は片思い。
相手はどう思っているだろうかとか、
告白はどうしようかとか、
恋の逐一を相談される親友なのですね。

友の恋いつも相談されたけど
僕の心はそっと置いとく
（中3男子）

〈返歌〉
友の恋知ってしまった複雑さ
もう少しだけがんばってみろ
（中3男子）

「僕の心はそっと置いとく」という作者。だれが好きかはもちろん、好きな人がいることさえ自分一人の秘密にしているようです。

なぜ秘密なのか。大人だったら、人の数だけ理由があるのではないかと思います。自分の仕事とか収入とか、相手の状況とか、いわゆる大人の事情が、です。

けれども中学生の場合、相談されて自分の気持ちを封印する理由はただ一つ。つまり、同じ人が好きだったということ。

返歌の男子が言う「複雑さ」も思い人が同じだと受け止めたから出てくる言葉です。

でも「もう少しだけがんばってみろ」では、なかなか作者の心に響きそうもありません。

こんな返歌も。


君の想いそんなもんかよしっかりと自分の想い伝えてみろよ（中3男子）

友の恋相談される君だけど今度は君の言ったらいいよ（中3女子）

どっちも正論だけど、ここまできたら自分も同じ人が好きだなんてもう言えないよね。

実行できるのは、これくらいかな。


友の恋応援するのもいいけれど自分の気持ち忘れずにいて（中3女子）

想像するだけで幸せ

僕の恋これから探そうゆっくりと
まだまだ先は長いんだから

（中２男子）

〈返歌〉
そうだよなこれから探せばいいわけだ
なぜか焦ってたバカな俺様

（中２男子）

おじさんたちからよくこんな質問を受けます。
「授業で恋の短歌？　みんなが彼女いるわけじゃないでしょう。そういう子、困らないの？」

確かに、交際相手がいる中学生はいつだって少数派です。好きな人がいない子だってたくさんいるはずです。

でもね、彼らには未来があります。作品のように、「まだまだ先は長い」のです。先が長いからこそどこかに恋が待っていると希望を持てるのが中学生のいいところなのです。

返歌をみてください。「これから探せばいいわけだ」と納得できるのは可能性のある未来を信じられるからです。だから「なぜか焦ってた」自分に「バカな俺様」と「様」がついてくるのです。

いいですねえ。どうせ俺なんか、というような明日のない俺ではなくて、可能性にみちた「俺様」なんです。

彼女がいない中学生は多いけど心配はいりません。もちろん女子も。いつかやってくる恋は想像するだけで幸せになります。

だからこそこんなエールが交換できるのです。


いつの日かMY王冠も光るかな頑張って今磨いてるとこ（中3女子）

〈返歌〉

もうすぐで出番が来るよMY王冠頑張って今磨いてるとこ（中3女子）

おじさんたち、どうかご安心を。

お人よし

「アノヒトガシアワセダッタラソレデイイ」

私はそんなお人よしじゃない

（中3女子）

職員室。作者の担任である20代男性教諭と私の会話です。

「これほんとにうちのクラスの女子の作品ですか？」

「はい」

「だれですか？」

「悪いけど、それは秘密です」

そう、相聞歌はクラスごとにまとめて紹介しますが、作者の性別、氏名は秘密なのです。

「うちにこんな子いませんよ。桔梗先生が作って生徒の作品に混ぜたんじゃないですか」

「いやいや、私にこんな名作できないよ。先生のクラスの子だから」

「えー、参るなあ。ホントですか。俺、担任する自信なくなった」

担任教諭をビビらせた異色作ですが、中学3年、しかも女子ともなれば、この程度の毒はたいてい持っています。

一方、こんな作品も。


君のこと後ろの席で見つめてる振り向く君に目をそらす僕（中3男子）

好きな人をじっと見ているだけで告白はできない。しかも相手の幸せを陰ながら喜ぶこんな作品が、実は中学生の相聞歌で最も多いのです。

そんな中「私はそんなお人よしじゃない」と自分を吐き出すことのできる作者の強さに、なぜかほっとするのです。

さようなら

友達とは何も考えずにかわす「さようなら」。

でも、気になるあの人との「さようなら」は、それだけで事件です。

気になるからこそ、普段は会話できない2人。

帰り道に出会った彼が珍しくあいさつしてくれた。でも、話したいこと、聞いてみたいこと、いっぱいあるのにいきなり「さようなら」なんて。なんか切ない。作者の気持ちはこんな感じかな。

　一方、返歌の彼。

おっしゃーついに言った。

明日は「おはよう」も言うぞ、がんばったぞ、俺……。

というところかなあ。

帰り道あなたに言われたさようなら
明日も会うのになぜか切ない
（中3女子）

〈返歌〉

「さようなら」やっと言えたよこの言葉
明日の学校とても楽しみ

（中3男子）

そして、この相聞、後輩たちに大人気です。

「ねえ先生、この2人、国語で短歌作ったから、両想いだってわかったんだよね」

授業で紹介した後、実にうれしそうな顔で話しに来てくれたりします。

でも、実際はどうだったのでしょう。授業では、作者は秘密です。お互い、全くの別人を思い浮かべて作っているかもしれません。

歌の内容は、実体験でなくてもいいことにしています。「いつか味わいたい気持ち」が作品となったのかもしれません。

ちなみにこのときの授業のテーマは「巡り合いとすれ違い」でした。

現実はどうだったにしても、後輩たちを幸せな気分にしてくれるこの相聞、名作に間違いない、と思っています。

自分だけのお楽しみ

中3の学力テストといえば、志望校を決める大事なテストです。それを「早くこいこい」と言うのは、出席順に座るテストの日だけ「好きなあの人」の近くに座れるから、というのです。

うーん、これってどうなんだろう。

やきもきしている親の身になれば「うわついている場合じゃない」と怒るか、それともがっかりするか。まあ、ほめてはもらえないでしょう。

担任の私もかなりがっかりでした。受験に向かって一緒に全力疾走していたつもりだったのに、後ろから「ひざカックン」された気分でした。

けれど、そのあと何回も3年の担任をするうちに、この短歌いいな、と思うようになりました。張りつめた気持ちの緩め方を知っているようで、頼もしい、と感じるようになったのでしょう。

作者だってもちろん、勉強しなくちゃ、と思っているし、高校受験には不安を感じています。テストの間は真剣に問題を解くでしょう。

でも、問題用紙を後ろに回す時とか、座って開始を待つ間とか、好きな男子を近くに

感じられます。一生懸命のテストの隙間に、とっておきのお楽しみがある、ということだと思うのです。
3年2学期は教室にため息が増えます。自分だけのお楽しみを持っていた作者、級友にはうらやましい存在だったかもしれません。

テストだけ好きなあの人すぐ近く
早くこいこい学力テスト

僕のこと好きな人

僕のこと好きと思う人いたら
「いいなあ」と思う今日の僕です

（中2男子）

この作品、大好きです。思春期の毒針をどこかに置き忘れちゃった素の部分のやりとりという感じです。作者名を明らかにしない短歌だからできるやりとりではないか、と思っています。

もっとも作者の「いいなあ」と思う、という独白。

アニメ「ドラえもん」の「のび太」が勉強部屋で宿題をしているふりをしつつ、夢想にふけっているようで、ほほえましくも、ばかばかしいといったところでしょうか。

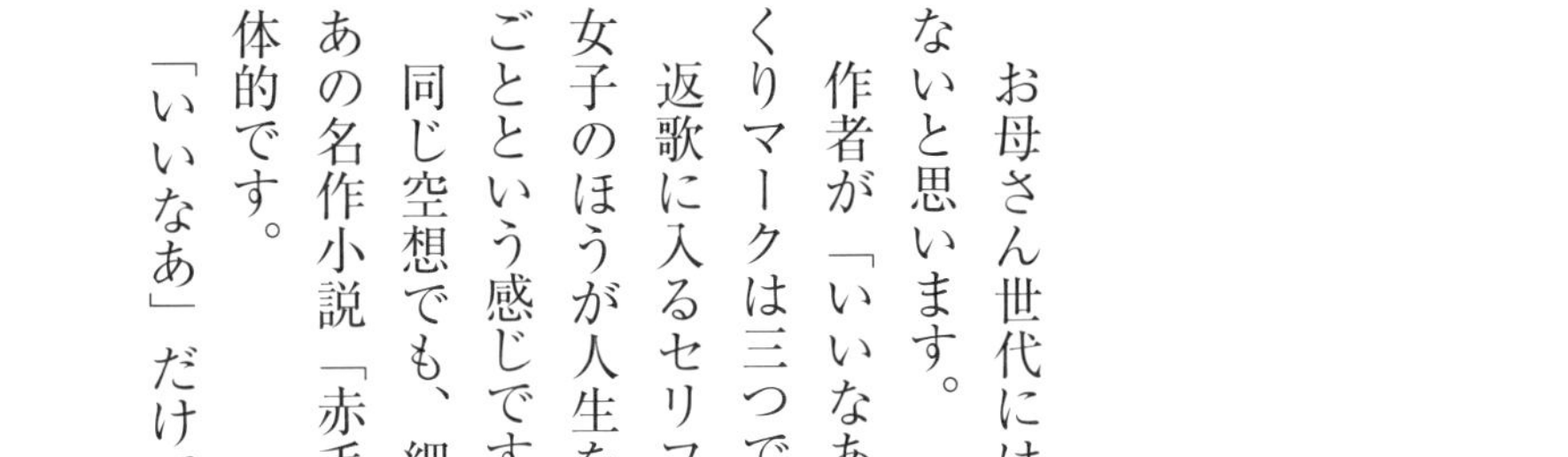

〈返歌〉

君のこと好きだと思う人いたら「やったじゃん」といえる今日の僕

（中2男子）

お母さん世代には好感を持って読まれたようですが、同世代女子の感想は、そう甘くないと思います。

作者が「いいなあ」とつぶやく場面、女子なら断然、「どうしよう!!!」ですよね。びっくりマークは三つでも足りないくらいです。

返歌に入るセリフも「やったじゃん」でなく、「それでどうする」かなあ。それだけ、女子のほうが人生をリアルに考えているような気がします。男子はどこか受け身で、人ごとという感じです。

同じ空想でも、細部まで作り込んだドラマ脚本みたいになるのが、女子というもの。あの名作小説「赤毛のアン」の主人公が「心の友」と夢を語る道具立ては、細部まで具体的です。

「いいなあ」だけでは、女子の返歌はもらえないようです。

はかない思い出

最後の日ディズニーランドでつないだ手
隠しながらつないでいたね

（中2女子）


修学旅行の最終日のできごとです。

帰途までの数時間、彼らは気力、体力の残りを東京ディズニーランドに注ぎつくします。

連日、友達と夜更けまで続けた恋バナ、旅の疲れと高揚感、テーマパークの非現実感、いろいろ重なって、「もう、完全にいっちゃってる（自分を見失っている）」状態です。

作者も、男子とつないだ手を隠しながら歩くなど「普段なら妄想以外ではありえないことをやらかしています」の図、なのでしょう。

でも、なんだか、今となってははかない思い出、っていう気持ちが混じっているような気がします。

歌の結びが「つないでいたね」だからかな。

作品を読んだ20代の女性の見立ては、

「その時の雰囲気でお互いちょっと手をつなぎたい気持ちになっただけ。カップルじゃない」

いやいや、その時限定だとしても、さりげない行動を最も苦手とする中学生に手をつながせてしまうって、恐るべし、東京ディズニーランド。

そして、テンションが上がって、あこがれの上級生にお土産を買ったけど、日常の世界に帰ってみれば、やっぱり渡せなかったというお話はこちらです。

ディズニーのお土産渡せず困ってるもう一週間過ぎてしまって（中2女子）

まだまだ幼稚？

給食で向かいの席に君がいて
おかわりしすぎて午後は満腹
（中3男子）

とりわけ保護者の熱い支持を集めたのがこの作品。懇談会でのお母さんたちの感想です。

「ほんとにまあ、みんなすてきな短歌作っておられて」

「仕事で疲れたときなんか夜ひとりでそっと読み返すんですよ」

「若いときを思い出してきゅんとなりますよねえ」

「そうそう。ま、うちの息子の作品があるとしたら、この給食のしかありえませんから」

「あら、それはうちの子のでしょ。うちの子にほかの短歌なんかとてもとても」

「まあみなさん、これはうちの調子もん息子の歌ですから。みなさんのところはもっとすてきなの作っておられますよ」

どうやらみんな、この歌こそ息子にふさわしい、と言いたいようです。

まあ自分の青春時代と重ねても違和感はないし、わが子に限ってはまだまだ幼稚だというイメージを崩さずにいられるからでしょう。でもお父さんの一人は……

「こんな歌を見ると、中学時代のくさいげた箱のにおいがよみがえってくるようでほっとします。でも中学生の娘を持つ身としてはドキッとする相聞歌もありますね」

そうなんです。中学生はそう甘くないんです。


唇と唇重なるその瞬間君と出会えた幸せ感じる（中3男子）

さあお母さん、どうします？

友達じゃない私も

女子からお子ちゃま扱いされていた男子も、中3くらいになるとけっこう頼りになる存在に変身するのです。

「男子にさせるとぐちゃぐちゃになる」なんてずっと女子が仕切ってた教室の掲示物は、この年代になると背の高い男子の出番です。

部活で鍛えた脚力で重い給食の缶を持って階段を駆け上がってくるし、教室掃除だって、文字通り脱兎（だっと）のごとくぞうきん掛けしてくれます。

体育祭のリレーではアンカーの3年男子に、下級生のあこがれのまなざしが注がれます。

中学に入ったころの女子は、先輩男子の大人っぽさにあこがれいっぱい、同級生男子は圧倒的に不利です。

ところが、中3ともなると、十数年机を並べた幼なじみがようやく素敵に見えてくるのです。「友達じゃない私も見てね」のひと言が、この時期の女子の心模様を見事に映し出しています。

一方、男子は……

栗の木の下であなたと遊んだら仲良くなると思う気がする（中3男子）

思いを寄せる相手は幼稚園で「大きな栗の木の下で」を振りつきで歌った相手なのでしょうか。
マンガの名作「タッチ」も同級生を好きになる話でしたね。
大人の階段を上ると、幼なじみに胸がときめく時がやってくるのです。

いつまでも幼なじみでいたいけど
友達じゃない私も見てね
（中3女子）

〈返歌〉
山道を一緒に歩いた小学校
いつか遠くで君を見つめる
（中3女子）

ハートわしづかみ

黄昏（たそがれ）の色に染められ紅（くれない）の
輝き放つ君に恋する

（中3女子）

この歌には、ぜひ、表題を付けたい。

ずばり、「フォーリンラブ～私が恋に落ちたとき」でいかが。

女子中学生ふうに言い換えたら、「ハートをわしづかみにされた瞬間」でしょうか。

学校の配置と部活動から察するところ、「紅の君」はテニス部員のようです。

テニスコートの向こうに沈む夕日。逆光に浮かび上がる、部活に励む男子。うーん、なんてすてき……ということだろうと思います。彼のすてきなところをそのままに大人っぽい言葉で表現して、中学生には大人気の作品です。

と、ここまで紹介しておいてなんですが、実は私は、この歌、ちょっと苦手です。

だって、読むだけで恥ずかしくなるじゃありませんか。照れくささのあまり「なんじゃこりゃ」と叫びたくなるような、なんだか妙に懐かしい気分になるような。

大人にとって、往時の恥ずかしい自分を思い出すスイッチになる短歌なのかもしれません。

作者だって、10年後に「これ、あんたが作った短歌」と見せられたら「ぎゃあ」と叫んで顔を覆うはず。

で、先日同窓会に持っていきました。幸か不幸か、本人は自分の作品が全く記憶にないようでした。

今度会ったら

いやいや、俺のハートと来ましたか。ツッパリ志向、かなり高めです。で、俺様のハートに火をつけるほどすてきな彼女、次回はガン見（じっくり見て）でにっこりするって？

ちょっとそれは無理だよね。

私の友人、つまり、大人になった女子たちには、こういうツッパリ志向の作品は好評です。

「おっしゃ行ったるでー、って言いながら、実際に彼女が来たら下向いて赤くなって照れ笑いしそう」なところが好感が持てるのだとか。

片思いの相手をしっかり見ながらほほえむ中学生男子なんていません。

どうやら違うクラスらしい彼女。すれ違うたびに「いいなあ」と思う。で、次のチャンスには、何とか伝えようと思うけど、結局できずに繰り返し……ということになるのではないかなあ。

目を合わせられないのは女子も同じです。


君見るとなぜだかいつも目をそらす大好きなのにどうしてだろう（中3女子）

すれ違い俺の心に火がともる　今度会ったら微笑んでみる

（中3男子）

君がせっかく私を見てくれても、いつも目をそらしてしまう理由。もちろん、大好きだからですよね。女子作者もわかっているはず。彼の目線をいつも追っている彼女。彼がこちらを向くたびに、ドキッとします。片思いの相手と目が合って、にっこりできたら、思春期は卒業かな。

手のぬくもり

俺が見る遠ざかってく二つの影
味わってみたいその手のぬくもり
（中3男子）

手をつないで遠ざかっていくカップル。見送っている俺。うらやましいなあ、いつか、俺もあんなふうに歩いてみたい。

うん、とっても素直な気持ちが出ていて、私は好きです。

でも、この私のお気に入り作品、授業では紹介したことがありません。

それは、男子たちが、「うわっ、キモー」「ストーカーじゃね?」とか大騒ぎするのが目に見えているからです。

いくら作者はストーカーじゃないと言っても、効果はありません。興奮を抑えて、なおかつ、自然な気持ちの短歌だよねえ、と納得して終わる授業なんて、私には無理そうです。

騒ぐ男子たちも、心がすさんでいるとか、感性が乏しいとか、ではないんです。

たぶん、中学生だれもが思っていること、でも、やっぱり、口に出したら恥ずかしいと思っていること。それをさらっと短歌で言われちゃって、もう、他に反応のしようがないんです。作者の素直な気持ちが、読者を恥ずかしくするんです。

作者が書いていることを自分のことみたいに恥ずかしく感じているから、「キモい」という言葉が、とっさに出るのだろうなあ、と思います。

でも、そんなこと言ったら男子にマジ切れされるから、やっぱり授業には使えません。

気づいてほしい

夏休みの自由創作課題でできた作品です。

夏祭りの一場面。久々に復活した地域のお祭り。打ち上げ花火の時間には、生徒のほとんどが出かけていたようです。

作者も、仲のよい女子同士で出かけています。きっとみんな、精いっぱいのおしゃれをしたはず。お化粧をしていたかもしれません。

いつもと違う華やいだ雰囲気の夜。おしゃれして歩くだけでも楽しいけど、作者はちょっと物足りない気がしています。

そう、せっかくのおしゃれ、「君」に気づいてほしいのです。

彼には伝わっていないと思うけど、ずっと同じクラスで、ずっと好きだから。

でもなあ、夜祭りでテンションマックスの男子にしてみれば、見慣れているクラスメートをじっくり見て、何か言うなんて無理、無理。

袖口を引いて呼び止めた「君」からも、期待した反応はなかったようです。

まあ、おしゃれしているって気づいても「いつもと違う」なんて言える中学生男子、そういませんけど。

「君」の反応はどうあれ、一緒に見た花火は自由創作で短歌にするくらいすてきな思い出。こちらも同じ作者の忘れられない情景です。

夜空に咲く大輪の花蘇（よみがえ）るはしゃいで見てる君の横顔 （中3女子）

速足な君の袖口引いてみる
いつもと違う気づいてほしくて （中3女子）

秋

眠気

この作品、２学期に入った初秋の中３教室の朝を実によく映し出しています。この時期の３年は、夏休みまでで部活動を引退、９月初めの体育祭も終わりです。部活の朝練習がないから、夜更かしして遅刻ぎりぎりまで寝ているというパターンが多くなります。だからいつも朝は、眠くてかったるいのです。
そんな作者の眠気を「はるか彼方（かなた）」へ飛ばしてくれるのがマドンナの「おはよう」です。

おはようのその一言で眠気なんて
一気に飛んでくはるか彼方へ
（中３男子）

〈返歌〉
やめてくれお前の眠気がこっちに来てる
それでも暑くて寝ていられねー

（中3男子）

体育祭までなら男女で相談することがたくさんあったのですが、もはや話のネタもなくなり、「おはよう」が貴重な会話なのです。

返歌は、眠くてしょうがないのは作者が飛ばした眠気のせいだ。それでも「暑くて寝ていられねー」とぼやいています。

9月の日差しは南の窓から容赦なく教室に入ってきます。人気の窓際の席も、この時期は、焦げ付きそうな暑さ。返歌の彼も、暑さとだるさで、でれーっと机に伏せているのでしょうか。

それでいて、鋭く作者の表情を観察しているようです。

3年生になった4月はいったん受験スイッチが入りますが、9月になると、ちょっとたるんできます。

次に本気になるのはもう少し寒くなってから。

そして、雪が降るころ、今度は受験ネタで女子との会話が増えます。

コスモス

コスモスの花が、思いを寄せる「君」が手を振っているように見えた、という作品です。「秋の短歌」を作る国語の授業でできました。校庭沿いのコスモスがほのかに浮かび上がる夕刻の情景。作者はさすが3年生、下校時の雰囲気がよく出ています。

この作品をのせたプリントを配った数日後。職員室に2年生の男子がやってきました。

「短歌を作ったんだけど、今度プリント配る時、一緒にのせてください」

宿題でもないのにすごいね、とあっさり受け取りましたが、見てびっくり。なんと、この3年生作品への返歌になっているではありませんか。

手を振って名前を呼ぶ勇気がほしいという2年の彼、3年に好きな女子がいる、といううわさもありました。そうなると本物の「相聞」です。

作者に返歌を早く見せてあげたいなあ。でも、授業ではそうそう短歌ばっかり作ってもいられません。しかたなく関係ないプリントに「付録」風に書き添えてみました。

何の説明もつけなかったので、返歌と気付いてくれたか心配でしたが、じっと見入る表情から察するに、作者は何か感じてくれたようです。
ほとんどの中学生にとって、日常生活と短歌は結び付きません。でも、本当に心に響く短歌と出合った時は、返歌を作らずにはいられないのだと思うのです。

黄昏（たそがれ）の風に揺れたるコスモスを
我に手を振る君と見まがう

（中3女子）

〈返歌〉
もう少し勇気があれば
手を振って君の名を呼ぶ我になりたい

（中2男子）

シカトする

ありがとう君に言われてシカトする
心の中はうれしさあふれる
（中2男子）

〈返歌〉
ありがとう君に言ったがシカトされ
心の中に何かが残る
（中2女子）

贈られた返歌を読むときの教室は、幸福感とドキドキ感に満ちています。温かい気持ちの共有は確かに感じているんだけど、それは14歳にはなかなか言葉にできない。だからにこにこしあってる。いつまでも幸福な余韻に浸りたい空気、と呼びたい感じです。

黒板全面にはり出した返歌の中で、うっとりとした視線を集めていたのがこの相聞でした。近くの子と小声でささやき、笑みをかわしています。

こういう時は、何にうっとりしているかわからなくても、一緒にうっとりできる教師でいたい。でも、つい、言ってしまいます。

「返歌を見て、感想を言いたい人は？」

だれが、何を言うのか、期待に満ちつつも高まる緊張。じゃあ、言っちゃう？　と目配せした後の女子の発言がこれです。

「先生、この短歌と返歌の二人、両思いだと思います」

同意のうなずきと、驚きのささやきが広がります。

「シカトした」という作者男子も、実にうれしそうです（作者を知っているのは私だけですが）。

相聞歌の授業では、自分に返歌がくるのがいちばんうれしいはず。でも、だれかの歌に、「好きだよ」と言っているかのような返歌がくるのも、みーんながうれしくなるんですよね。

なんとなく幸せ

君をただ見ているだけでなんとなく
幸せ感じまた振り返る

（中3男子）

穏やかで温かで、毎日が満たされた気持ちになる。そんな恋の幸せを表現した素晴らしい作品です。

「国語の時間に恋の短歌？　それっ、大丈夫ですか」

相聞歌の授業を不安そうに見ていた同僚が、この作品を見たとたん、「いいですねえ、これ」とほほ笑んでくれました。

大人の毒気を抜いてしまう不思議な作品です。

恋の切なさやハラハラ感、ドラマのような一場面、そんな作品に生徒の人気は集まるけど、こういう『平和な恋』の歌にも注目してほしいなあ。

人を幸せな気持ちにする作品は自慢したくなります。

たとえば、これも。

「君が好き」思い始めたころからか僕の心に春の風吹く（中3男子）

純粋な「好き」は、読者をさわやかで温かい気持ちで満たしてくれます。私も同僚も、校庭を染める夕焼けをうっとりと眺め、穏やかな気分に浸っていました。

そして初めて恋をした彼らもまた、恋心が幸せを連れてくることを発見しています。

担任としては「見ているだけでなんとなく幸せ」な相手がいる教室では、ひどいことは起きないような信頼もわきます。私も彼らにちょっと優しくなれそうな気分です。

顔りんご

目が合って照れる私は顔りんご
私の気持ち気づかないで！
（中3女子）

〈返歌〉
その気持ちホントにホントに閉じ込める？
顔を上げてさ まずはそっから
（中3男子）

作者の彼女、彼のことが大好きだから、目があっただけで真っ赤になってしまうのです。赤くなる理由がばれないように、と願う気持ちには、告白の勇気がわく日がくるわけない、というあきらめも混じっているような感じです。こんな彼女の気持ち、返歌を贈った彼は、しっかり見抜いています。

どちらの作品も不器用で、表現には工夫がありません。「顔りんご」とか、もうちょっと何とかしてくれ、と国語科教師としては言いたくなります。

でもその分、実にリアルです。

工夫したり吟味したりして、短歌での表現を楽しむのではなく、思ったことを率直に伝えあっているからではないかと思います。

作者の「リアル」がわかるからでしょうか、後輩たちにも好印象です。

「顔りんご」の女子を絶賛した3年男子は……

「自分のことが好きで、なんか話したいと思ってるけど、真っ赤になってしどろもどろ。最高にかわいい。僕の理想の彼女です」

もちろん、理想の彼女は、実在の作者ではなく、短歌の中の彼女です。

作品だけで理想の彼女に思えてしまうのも、相聞歌授業の面白さです。

工夫のない表現だと思うのだけど、そのほうがいいのかなあ。思案中です。

オレたちの呪い

「呪う」だなんて、青春のさわやかさに似合わない言葉。けど、男子だけで楽しくやってる感じも伝わってきます。

返歌の彼、前日の授業では「相聞歌？　オレには関係ねえ」と言わんばかりで、1首も作りませんでした。

できた相聞歌から、好きな作品を選んで返歌を作る次の授業。だるそうにプリントを見ていた彼、「呪い」の短歌を見つけたとたん、色ペンで鮮やかにマーキング。一気に書き上げました。

友達がどんどんみんな付き合って
オレ達みんなで呪ってあげる
（中3男子）

「先生、できました。これ、本心ですから」

作者は秘密だって言っているのに、まわりに「オレ、できた」とドヤ顔（得意顔）でアピールして、実に得意げです。

ひそかに眠っていた歌心が目覚めたのでしょうか。彼からもう一首。


立ち上がれ今こそ恨みを晴らすときみんな一緒に呪ってあげる（中3男子）

〈返歌〉

おお友よオレも思うぞその気持ち
オレも一緒に呪ってあげる
（中3男子）

他の男子からもエールが届きます。

俺もやだ付き合ってるの見たくない
俺らでやろうぜ呪いの儀式
（中3男子）

「オレ達みんな」という表現にひきつけられる男子たちから、「おお、友よ」という声まで聞こえてきそうです。

こんなやりとりをする中学生を見ていつも思うのです。まだまだ未来があるのだと。

先は長いし同志もいる。「呪いの儀式」は「いつかを夢見る儀式」ともいえるのです。

好きだよと言えず

初冬の放課後。教室にはすぐ夕闇が入り込みます。南に向いた窓辺が、夕焼けの気配に輝いています。

そんな窓辺にたたずむ憧れの彼女。そりゃもう、魅力3割増しです。でも、作品にうっとりした感じはありません。むしろ、焦燥感が漂っています。

「何考えて何をしている」って、「本人に聞けば？」と突っ込みたくなるところですが。いやいや、それができる相手なら憧れたりしない。

それに、チラ見するだけで、彼女が何を見ているか、作者はわかっています。窓の下は、夕焼けに染まるテニスコート。それこそ夕日で魅力3割増しの男子部員がボールを追っています。

だから、作者が聞きたいのは「あの中のだれをそんなにじっと見ているのか」でしょう。もちろん、口には出せません。

作品に触れるたびに私の頭の中に、シンガー・ソングライター、村下孝蔵の往年の名曲「初恋」が流れます。

冒頭ではなく、ここ。

夕映えはあんず色　帰り道一人口笛吹いて
名前さえ呼べなくて　とらわれた心見つめていたよ

作者の下校の姿が浮かんでくるのです。きっと彼も、「初恋」の歌詞と同じく、好きだよとも言えず、いつも遠くから彼女をさがしていたと思うのです。

黄昏（たそがれ）に外を眺めて何見てる
何考えて何をしている

（中3男子）

忍ぶれど色に……

「たまに見とれる」ってなんだか不自然。たまだと思っているのは本人だけで、実はいつも見とれているのではと思ってしまいます。
そして、もちろん作者は片思い。大好きな彼がだれかと話しているのを、気付かれないよう見ている（つもり）。
でもね、好きな人に見とれているって、まわりにはわかるんですよね。
だから、返歌は「あなたの思いみんなにばれる」と警告メッセージになっています。
見とれている最中なら
「ピンクオーラ出てるよ」とか
「ちょっと、目がハートだよ」とか、
小声で注意してあげるべき場面です。

学校でたまに見とれる君の顔
はなす横顔飽きること無し

（中3女子）

〈返歌〉

気をつけて見とれすぎると気づかれる
あなたの思いみんなにばれる

（中３女子）

見とれすぎは危険だけど、チラ見（ちょっとだけ見る）なら大丈夫だと思っているのがこちら。

授業中先生なんかしゃべっても耳に入らずあいつをチラ見!!（中３女子）

たしかに、授業中のチラ見なら、級友にはわからないかも……。しかし、教壇からはけっこうわかると思うんだけどな。

気付いても私は注意しないと思うけど、ちょっと言ってみたいセリフがこれ。忍ぶれど色に出でにけりになってますよ。古典に出てくる言葉で、隠してるつもりだけど、すごく好きだから顔に出てしまうっていう意味ですよ……。もちろん、夢想するだけですが。

神様も降りてくる

月曜日今日はいよいよ席替えだ
くじ引く前に席を確認
（中3女子）

〈返歌〉
席ナンバー確認したら目をつぶり
隣目指して神頼みする
（中3男子）

日中の大半を過ごす教室の座席。狭い教室とはいえ、1メートル単位で環境は激変します。

一番前は気が抜けないし、窓際はまぶしい。後ろは気楽だけど、提出物を集めさせられる。冬ならストーブ前が一番人気だし、食欲最優先なら給食配膳台のそばがおかわりをゲットしやすい……。

とまあ各人の優先順位に応じて、希望の場所は細分化されるわけです。

でも作者はもっとデリケート。お目当てのあの人のそばに行きたい。でも、めでたく望みがかなっても、喜びを気づかれないようにしないといけないし……などと心をめぐらせ、先に決まった男子の席をさりげなく確認しているのです。

だから席替え抽選の時の表情は、目まぐるしく変わります。

「えー一番前？　やだあ」とか公式声明を出しつつ、期待と不安をたたえた眼だけはせわしなく動いています。

「神頼み」という返歌の男子。頼んでいるのは、心の中の自分ではないかと思います。現実の自分は、まわりと一緒にはしゃいでいることでしょう。

席替えまでお願いされて、神様も大変だな、とちょっとおかしかったのですけれど、なんと「席替えの神様」、教室に降臨なさるらしいです。こんな返歌も。

席替えの神様私に降りてきて今日こそ隣に「花よ咲け！」（中3女子）

照れ隠し

朝君に初めて言ったおはようと
思わず顔が赤くなったよ　（中3男子）

〈返歌〉
「おはよう」と言われたときに気がついた
君の顔が「好きだ」と言ってる　（中3男子）

ひそかに思いを寄せている彼女に初めて言えた「おはよう」。作品を手渡された時、私、不覚にも意外そうな顔をしてしまったらしいのです。

作者の彼、私を見つめてうなずきました。

はい、これは本当です。そう語りかけているようでした。

で、私もうなずき返したのですけれど……。

「恥ずかしがり屋で泣き虫だった君が相聞歌？　大人になったねえ」なんて目をしていたようで、まったく失礼な対応だったみたい。短歌の続きを話せるような雰囲気になりかけていたのに、ほんと、ごめん。

彼の口から出たのは、

「いや、これ本当じゃないです。パクリです」

中3らしい照れ隠しの決まり文句でした。

そう、中学生の相聞歌には、あいさつして赤くなる場面がよく登場します。まねしたかもしれないけど、彼自身の体験でもあるよね、きっと。

それなのに「よかったね」と言うチャンスを壊してしまった私。ダメ教師だなあ、と深く反省しました。

ま、それはさておき、返歌をもらったのは彼にとっては大事件です。

授業では返歌の作者は秘密ですが、意中の彼女はクラスにいるはずです。ひょっとしたら彼女からの返歌かも、と彼も心ときめかせたに違いありません。

人生いろいろ

「スキな人かぶらないようしてる」とは、同じ人を好きにならないようにしているという意味です。

スキな人かぶらないようしてるけど
そうはいかないない人生いろいろ

（中3男子）

〈返歌〉
そうだよねかぶっちゃっても仕方ないよ
恋は理屈じゃないんだから

（中3女子）

いけないと思うのに、親友と同じ人を好きになってしまった。人生は思い通りにならない、というのです。

でも、「人生いろいろ」って、15歳に言われてもねえ。

「人生いろいろ」を大ヒットさせた島倉千代子さんなら説得力もあるけど……なんて、ちゃかしたくもなります。一方で、「人生いろいろ」をかみしめる場面なんて中学生にはそうそうなかろうと思います。

大げさに言えば、10代の少年少女に、深い考察と鋭い洞察を促すのが「恋」なのかも。返歌の「恋は理屈じゃない」という表現も、源氏物語以来千年の名作の主人公たちの気持ちとつながっています。

国語科教師の私、生徒には、自分の感情を表す言葉をたくさん持ってほしいと思っています。

たとえば「惹(ひ)かれる」という言葉に、ぴったりはまるのがこの返歌です。

そんなのはあなたのせいじゃないんだよあいつがかっこよすぎるからだよ（中3女子）

「惹かれる」は、心ひきつけられる、という意味だと説明するより、「ああ、そういう感じね」と中学生が言ってくれそうな気がします。

告白できた？

部活動を引退した3年生の作品。下校スタイルは人それぞれですが、休み時間のノリのまま、大騒ぎで帰る仲良し集団が多数派でしょうか。

その中で一人チャリを飛ばす姿は、何か訳ありに見えます。

作者も普段は仲良し数人で下校していたような気がします。だから「今日こそしよう」には固い決意がこもっているのかも。

だけど、追いかけてチャリを飛ばすだけなら、だれでもできるんですよ。男子の全力チャリならたいていの女子に追いつけます。で、その後は？

そう、この作品には追いかけた後の気配がないんです。

ほぼ間違いなく、告白はできていませんね。でも彼にとっては、重大な「行動の記録」です。

ところで、告白は放課後が一般的なのだとか。

返歌の彼女も、昇降口で呼び止められるとか、自転車置き場で「一緒に帰ろう」と誘われるとか、ありそうな場面を想像したのかな。

実際に心当たりがあるかどうかは別として、自分が告白される場面を夢想するのは、

女子の習慣のようなものです。
でも、自分の妄想が自分で恥ずかしくなるくらいの理性は、夢見る少女もしっかり持っています。そんな自分に少し腹を立てて、自転車のスピードを上げる様子が目に浮かびます。

告白を今日こそしようと決心し
君を追いかけチャリを飛ばした
（中3男子）

〈返歌〉
告白を待ってる私バカみたい
そう思ってチャリを飛ばした
（中3女子）

カッコイイ

カッコイイそう思ったらもう最後
私は君のとりこになってる
（中3女子）

〈返歌〉
顔だけが男じゃないぞホントだぞ
いつしか君を救い出すから
（中3男子）

外見よりも大事なのは中身。そんなこと、だれだってわかっています。けれど、かっこよさやかわいらしさが、中学生にとっても、大人にとっても、重大関心事なのは残念ながら事実です。

あるお母さんから聞いた話です。

「イケメンでなくても、あなたが一番大事、と言ってくれる人を選びなさい」と娘に言ったところ答えは、

「私は5番目でいいからイケメンがいい」

お母さん、ため息が出たそうです。

イケメンをたたえる作品に、返歌の彼は、自分の内面の力でいつか君を振り向かせると言っています。

その意気やよし、がんばれ、と応援したくなります。

とはいえ、そういう彼も外見にはこだわるおしゃれ君。授業中にも、ワックスの効き具合を気にして髪を触ってます。

忘れられない言葉があります。中3女子です。

「他の人には地味な存在でも、自分にだけかっこよく見えたらそれが好きっていうことだよね」

名言です。自分だけが知っているかっこよさ。それは、きっと彼女の宝ものでしょう。

この男子も、同じことが言いたいのだと思います。


顔だよなぁーだけどよぉーオレ的に顔の半分は優しさでできているよ多分ね（中2男子）

いつ来るモテ期

「モテ期」とは、異性から好意を持たれることが多くなる時期のことです。人生で3回ある、とか言われますが、定かではありません。
ネット上には、いつが自分のモテ期なのか、調べてくれるサイトがたくさんあります。
私にとっては、まさにこれこそ中学生男子！　と感じるのがそんな「モテ期」をめぐる作品です。
この頃の男子って、イラついたり、
劣等感の塊だったり、言葉が乱暴だったり、
なんだかザラザラした存在です。

まだ来ないいつまで待てばいいんだよ
ボクのモテ期はいつ来るんだよ
（中3男子）

〈返歌〉

もう少し待ってみればいいんじゃない
君のモテ期は必ず来るよ（中3男子）

けれどその内側には、返歌のように「モテ期は必ず来る」と信じられる明るい未来が詰まっています。

だから、この作品にも、中3男子からの共感の返歌がどっと集まりました。

どの返歌にも男子の気持ちがあふれています。多いのはひたすら待つ、というものです。

きっと来る君のモテ期はきっと来るだから待つんだ辛抱強く（中3男子）

もう少し我慢強く待ってれば絶対来るよ君にも「モテ期」（中3男子）

悔しい思いをしていそうなのがこちら。

いつの日かモテ期があればいいんだよその時みんなを見返してやれば（中3男子）

作者がもらって一番うれしかった返歌が多分これです。

自分では全然気づいてないけれど実はモテ期は今来てるかも（中3男子）

わかっているけど

作者が「そうだね」しか言えなかったのはどんな場面でしょう。古典的な少女マンガなら、片思いの男子との会話かな。あるいは、女子だけの「恋バナ」の最中かもしれません。恋の打ち明け話をすごい勢いで繰り出す友達。作者は、自分のことは何も言わず、相づちを打つだけだったということかも。

どちらにしても、その場に猫はいなかったと思います。作者に猫を飼っているかと聞いたことはないけれど、現実には存在しない猫のような気がします。じゃあ、何ゆえここに猫が。私、猫の鳴き声には深い意味があるとにらんでいます。「そんな私」の中身はきっとこんな感じです。

自分の考えがないわけじゃない、言いたいことがないわけじゃない、でも、「そうだね」しか言えない。笑ったり、顔をしかめたりしたくないわけじゃない。でも、はにかんだ顔しかできない。

ずっとこのままでいいとは思わないけど、今はこれしかできないし、これが一番居心地がいい。

わかっているけど、変わろうとしない私に、猫は「にゃあ」と鳴くだけ。「ダメだ」も「それでいい」も言いません。意見も言わずにそばにいて、作者に「そうだね」とうなずいてくれるのが、この心の中の猫なのだと思います。

「そうだね」とはにかむことしかできなくて
そんな私ににゃあと鳴く猫
（中3女子）

〈返歌〉
猫ちゃんはきっと気持ちがわかるはず
私もわかるよあなたの気持ち
（中3女子）

「好き」か「好み」か

あの人の時々見せる優しさに
好きじゃないけどキュンとしている

（中3女子）

「いやいや、好きだから胸がキュンってなるんでしょ」
この作品を目にした人は、だいたいがこう感じるようです。
返歌の女子も同じ。彼を見る目がキラキラしているとの状況証拠まで付けています。
きっと作者の仲良しなのでしょう。
普段の会話をそのまま返歌にしてくれたのがこちら。
また見てる緩む口元にやけてる素直じゃないね「まったくよぉ」（中3女子）
うーん、実際はどうなんだろう。

〈返歌〉

あの人を見つめるその目キラキラで
確信もてる絶対好きでしょ

（中3女子）

創作中の作者とのやりとりを思い返すと、やっぱり「好き」とは違うかも、という気がします。

じゃあ、なぜキュンとするのか。

こんな返歌もありました。「好き」ではなくて「好み」だというのです。

何気ない行動一つがグッとくる私もあなたも好みが同じ（中3女子）

恋愛対象にはならないけど、ああいう気配りは好もしい、というところかな。

そうなると「あの人」は、「ただのいい人」でしかありません。言われた当人は、かなり「がっかり」ですね。

この作品は、卒業直前にできました。男子諸君が「オレ、片思いされてるかも」と思って卒業していったらいいな、と思ってます。

親友の恋

親友の恋が進んでゴールイン
知らないと思う僕の気持ちは

（中３男子）

そっかあ、同じ人が好きだったんだね。親友の相談相手になっていたであろう作者の彼、自分の気持ちは冗談でも口にできなかったでしょう。

男同士の乱暴な言葉のやりとりは、一見遠慮のない関係に見えます。けれど、実際は気持ちを察して遠慮したり、気づかないふりをしたり。こまやかな心遣いの上に「男の友情」は乗っているように感じます。

作者はこういう形で、できなかった告白をしたのか、本音がぽろっと歌になってしまったのか。

中３男子のすてきなところが詰まっていて大好きな作品です。

〈返歌〉
君の気持ち気づいていたよ俺だけは目線の先はいつもあの人
（中3男子）


返歌の彼も優しい沈黙を続けていたのだけれど、だれの短歌かわかってそっとメッセージを送ったのではと思います。

衝撃を受けたのがクラスの女子。

「うちのクラスに、こんな短歌作る男子がいるとは思わなかった」と。私、男子がいなくなった放課後の教室で、質問攻めにあいました。

作者は絶対教えてもらえないと納得した女子の帰り際の言葉。

「先生、うちの男子っていい感じだよね」

これもすてきな言葉です。男子に聞かせたかったたな。

女子からの返歌はこちらです。


親友が恋が実ったその時にあなたもきっと前に進める（中3女子）

女子もざわつく

できあがった作品は、授業の最後に一人ひとりから無言で受け取ります。よみびとしらずの秘密を確実に守るためです。

けれど時折、授業の途中で「先生、できました」と渡されることがあります。

それは会心作ができたとき。作者も「先生っ」のひと声と同時に勢いよく差し出しました。

これはまたかなりの自信作だなあ、と一読してびっくり。反応をうかがう彼を見返す私、口が開いていたと思います。

作者の笑顔は、得意絶頂の輝き。まさにドヤ顔です。

「リアルなの?」

と聞くと、にーっと笑ってひと言。

「さあ」

このにやけっぷりが、余裕たっぷりなんですよねえ。どうも、妄想ではなさそうです。

私も驚いたけれど、女子一同の驚きはそれ以上。男子全員の名前を挙げて大検討会が開かれました。作者の名前も出ましたが「いやいや、あり得ない」と即断。

続く議題は、相手の女子はだれか。

女子全員で相手は自分ではない、と確認し合っての結論は、女子は他校生、作者の男子もわからない、でした。

帰り際の女子のひと言。

「ま、幸せな人がいるってことでいっか」

その気持ちがそのまま返歌になりました。

「寒いな」と手袋なしのお前の手
カイロと一緒にギュッと握る

（中3男子）

〈返歌〉
だれのこと？ 気になるけれどまあいいや
その子はきっと心も温か

（中3女子）

身長差

二十七センチ私とあなたの身長差
私の目線はあなたの背中

（中2女子）

私は知っています。この作品を読んだ男子全員が、即座に自分の身長マイナス27センチの暗算をしたことを。
さすがに、筆算する男子は見ませんでしたが、虚空を見つめて口元を動かす様子、ただ今計算中だとよくわかりました。

引き算の次に男子がしたことは、さりげなくクラス中の女子を見渡すこと。自分マイナス27センチの身長にあてはまる女子を探していたに違いありません。
とりわけ目立ったのがクラス一の長身を誇るA君です。うれしさを隠しきれない、といった表情であたりを見回しています。

授業の後半は、いいなあと思った作品の紹介です。ちょっと顔を赤くして、A君が言いました。

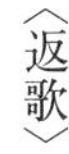

〈返歌〉

「大丈夫」これから大きくなるんだと
彼の頭を見下ろし信じる

（彼の背のほうが低いんだ！）（中2女子）

「身長差の短歌、すごくいいと思います」

すかさず突っ込みが入ります。

「どこがいいんですか」

たいていの女子より頭一つ分背が高いA君、全員の視線が注がれる中、照れながら一言。

「っていうか、あの、これ、俺だと思う」

期待以上の大胆回答に教室爆笑。「おめでとう」の連呼で授業は終了しました。

そして、休み時間。男子同士で背中に定規を当てて、自分マイナス27センチの高さを確かめる現場に遭遇。もしかして、っていう気持ちは男子全員が持っていたんですよね。

約束したけど

「好きな子はもう作らない」なんて、どんなつらい恋だったのでしょう。

しかしなぜ、それを友達に約束したのか？

そしてまた3日目に好きな子ができた？

大人の恋の常識ではなかなか理解できない展開です。

でも中3男子の日常って、この短歌みたいなんだろうな、と思ったりもします。

「友達」は、恋の逐一を報告したり相談したりする親友。この返歌の贈り主でもあります。

どういう形で恋が破れたのかはわからないけれど、告白したのなら、友達も協力しているはず。

二人そろっての反省会で「好きな子はもう作らない」の結論に達したというわけです。

まじめな彼らだから、失恋をちゃかしたわけじゃなく、本気でそう思ったのでしょう。

それなのに、3日目に新たな恋に出合ったというのです。返歌の言う通り「一目ぼれ」なのか、それとも作者がほれっぽいからなのか。

私はどちらでもないと思います。彼らはもうすぐ出会うはずの本物の「好きな子」を一生懸命探しているのです。

女子から黙殺されたこちらの短歌もきっとそう。がんばってねと言いたくなってしまいます。

きみだけといってはいるが我が心隣のあの子ちょっと気になる（中3男子）

好きな子はもう作らないと友達に
約束したけど三日で破った
（中3男子）

〈返歌〉
その恋は一目ぼれかな
約束を破るほどまで好きなんだ
（中3男子）

好きな人のまなざし

「お願いだ目が合ってくれ」焦るのに君は普通だ（当たり前だろ）

（中3男子）

〈返歌〉

一緒だよ私も思う好きな人と目が合えばなあだけど無理です

（中3女子）

何とか目線を合わせたいと願っているのは自分だけ、つまり、作者は片思いなのです。そんな自分に「当たり前だろ」と突っ込みを入れた、いわゆる自虐ネタ。作者は恋バナとは無縁のキャラ（人柄）ってことになっているのでしょう。

目が合ってくれ、と焦る。これは、同じ空間にいる機会が少ないということ。相手は下級生ではないでしょうか。

作品ができたのは、中3が卒業までの時間を意識し始める12月。下級生と一緒の行事も残りわずかだし、あんまり彼女を見るとまわりにばれるし……。なかなかチャンスがなさそうなので「焦る」のかも。

「一緒だよ」と返歌を贈った女子も片思いなのですよね。

こちらは、目が合えばいいなあ、という願いは同じだけど、「無理です」の理由は違うような気がします。機会がないだけではなくて、目を合わせる勇気そのものがない、という意味がこもっている感じがします。

中学生の相聞歌には、目が合えばいいなあとか、目が合っても見つめ返せないとか、視線にまつわる作品がたくさんあります。そして、そのほとんどが片思いです。

デジタル世代と言われる中学生だって、好きな人のまなざしはとっても重要。目が合う、それだけで、事件なのです。

ダイスキがあふれ出す

作者の心の中は思いを寄せる相手への「ダイスキ」でいっぱい。好きだと思う気持ちは日ごとに大きくなります。限界までふくらんだ片思いは、今にも割れそうな風船です。こんなにだれかを好きになったのは初めてであろう作者。仲良しの友達にも打ち明けていない感じがします。

この作品、授業で紹介するたびに、

「この風船、割れたらどうなるのかな」と尋ねてきました。

どのクラスでも生徒たちは、

「告白する」

と即答です。

作者の、どうしようもなくせっぱつまった感じや、自分の気持ちをコントロールできない焦りが伝わるから、みんな同じ答えになるのかな、と思っています。

ダイスキが心の中におさまらない
もうすぐ割れる私の風船

（中3女子）

現在進行中のドキドキ感が伝わるこの名作、その後どうしたか、作者に聞かなかったのが悔やまれます。
好きな気持ちを抑えられないのは、百人一首のこちらの和歌も同じ。

玉の緒よ絶えなば絶えねながらへば忍ぶることの弱りもぞする（式子内親王）

好きになりすぎて、もう気持ちが隠せない。だから死んでしまってもいい、と詠む式子内親王（しょくしないしんのう）。
中学生に相談したら、「死ぬほど好きなら告白しよう」と励まされるに違いありません。

冬

伝えずにいられない

風邪気味のあなたにあげたのど飴(あめ)に
精一杯の気持ちを込める

（中2女子）

この作品、中学生の相聞歌として、本当に名作だと思います。のど飴に込めたという「精一杯の気持ち」。きっと放課後の出来事だったでしょう。冬の放課後の校舎に入り込む冷気。昇降口のすのこ板の、冷たく乾いた響き。そんなものまで、切迫感とともに伝わってきます。

相聞歌を作る授業では、作者は秘密です。だから、そっと胸にしまった「秘密の自分」を出せるのです。

ところが、この作品では、作者は名前を明かしています。卒業生へのはなむけの短歌として、自分の名前を明記したうえで、校舎内にはり出した短歌です。

勇気があるなあとか、大胆だなあとか、人によっていろいろな感じ方があると思います。でも、作者にとっては、そんなことより、今言わなければだめだ、という気持ちのほうがはるかに強かったと思うのです。

一学年上の彼が大好きで、ずっと片思いだった作者。けれど、彼が好きになった女の子は、作者の一番の親友でした。友達の彼氏になってしまった「あなた」に告白はできません。せいぜい軽いノリでのど飴を渡すくらいです。

でも、そこには精一杯の気持ちがこもっていたと、最後に伝えずにいられなかったのだと思います。

長いお風呂

いつもよりお風呂の時間が長いとき
あなたのことを思っているとき

（中2女子）


ちょっぴり長めのお風呂の時間。それは、お湯の中で好きな人を思う幸せなひとときだとうたう作者。

字余りではあるけれど、ささやかな秘密をさらっと歌っていて、私は大好き。

こんなお風呂の時間はみんなが経験していそう。クラスのどの子が作者だといっても意外ではない気がします。

だから、こんな「もめごと」も起こります。

相聞歌を載せた学級通信を配って数日後の女子の会話です。

「お風呂の短歌、母さんが私のじゃないかって」「あっ、うちも」「うちも」

なんと3人が同じことを言われています。

「あんた、このごろお風呂が長いじゃない、って」

「もうむかつくわあ」

そうだよねえ、と同意しつつ笑ってしまいました。

お母さんの感想で多いのは「私にもこんなことがあった」というもの。きっと「身に覚え」があるから、娘も同じに違いないと思ったのでしょう。

そしてまた、お母さんたちだって中学時代に同じこと言われたらむくれていたはずです（むかつくという表現はなかったからね）。

相聞歌にうたうことは、秘密にしたいけど、だれかに言いたいこと。ただし、そのだれかが親ではないのは昔も今も同じです。

魔法のマフラー

放課後の向かいの席に座る君
マフラーおさえて小声で「好きだ」
（中3男子）

〈返歌〉
伝わるよ君の気持ちをマフラーは
伝えに行かせる魔法のマフラー
（中3男子）

マフラーで口もと隠していても、とっても勇気を出して言った「好きだ」なんだろうな。それに、小声っていうけど、本当は、ささやきにすらなってないんだろうなあ。心臓はバクバクだったろうし、顔の赤さもマフラーで隠していたかも。

でもってマフラー君、「何でちゃんと言えないんだろう、オレ」とか、「卒業式までには言うぞ」とか、一人反省大会もしたんだろうな。

そんなごちゃ混ぜの気持ちまでわかるから、返歌の彼、マフラーに魔法の力を授けたんだねえ……と、ここまでは「大人の私」のひと言。

続いて担任として、声を大にしてひと言。

「皆さん、3年3学期ですよ。まっすぐ帰って、夕食まで勉強しなさい、と言ったこと、覚えてませんか」

受験前のこの時期、担任は最後まで教室に残ります。励ましたり、学習計画を立てたりして、全員を見送ったはずなのに。何で教室にいるわけ。腹立つなあ。

でも、好きな人がいるから勉強がんばれるっていうのも、あり、ですね。


倍率が高くったってかまわない君と同じ高校行くなら（中3男子）

〈返歌〉

すごいなぁその子を思いがんばれる君ならきっと合格できる（中3男子）

ストーブまわりのドラマ

独り言がそのまま短歌になったような作品。

「もうやばい」なんて、短歌ではお目にかかりたくない言葉のような気もしますが、焦る感じはよく伝わってきます。

きっと最近の実話でしょう。だから、普段の言葉で一気に作り上げたのだと思います。

作ったのは中3の冬。どんな場面だったのでしょうか。

作者に尋ねなかったので真相はわかりませんが、

私には、教室のストーブまわりの風景が浮かんできます。

もうやばい飛び出しそうだよこの心臓
聞こえてないよね？　私の鼓動

（中3女子）

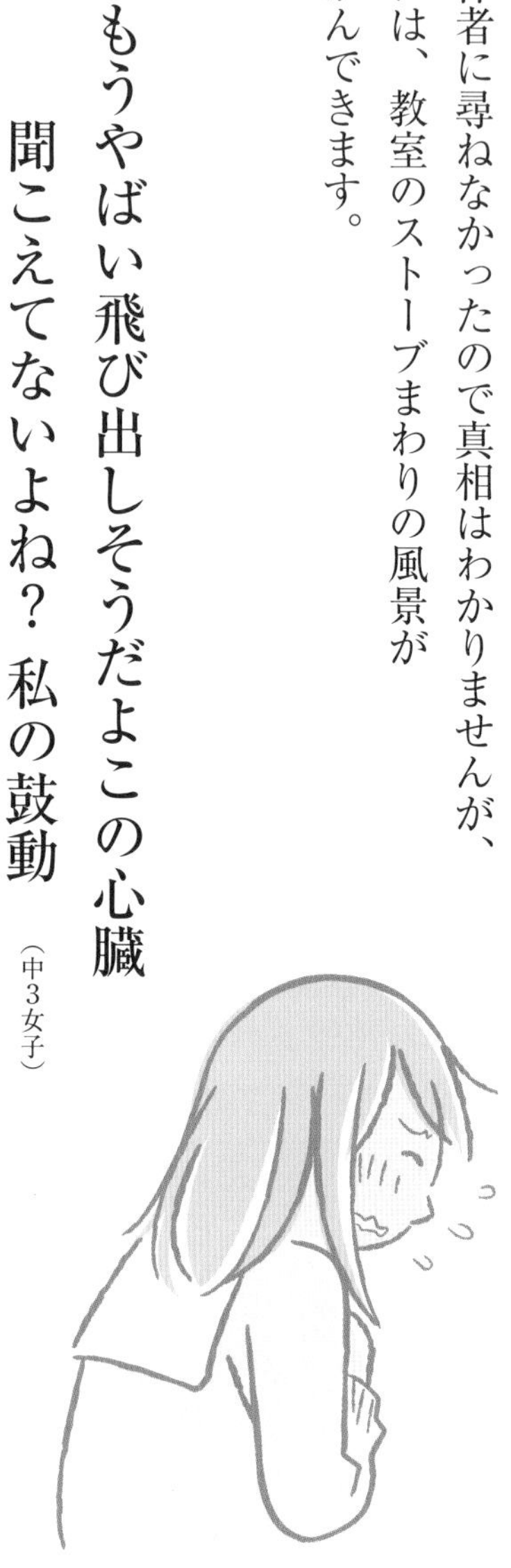

〈返歌〉

君の鼓動速めるやつは誰だろう
僕であれよと祈りはかなく

（中3男子）

改築のうわさが出ては消える古い校舎。休み時間のストーブまわりでは、時折、焦げ臭いにおいが漂います。近づきすぎただれかの制服が焦げたのでしょう。やけどでもしたら大変。「離れて、離れて」と後ろに下がらせますが、そんな担任の声も届かないほど、生徒たちは会話に熱中しています。他の場面ではありえない密着ぶりで、いろんなドラマがありそうです。

そういえば作者も、ストーブのまわりでいつも大声でしゃべっていたけど、飛び出しそうな鼓動を聞かれないためだったのかも。

ストーブの当たり方にも学年やクラスの個性が出ます。男子が独占、女子のしゃべり場と、教室ごとに違うのですが、卒業が近づくにつれて次第に和やかさが広がって、だれもが集う場になるように感じます

恋ってぎこちない

「自分は人前で堂々としてる」なんて、大人だってなかなか言えません。中学生ならなおさらでしょう。

でも作者が言うと、みんな納得、かな？

運動部の中心レギュラーで、体育祭で大活躍。クラス合唱では自ら指揮者に立候補、自他ともに認めるリーダーですから。

その彼が、好きな人の前では普段通りに振る舞えない自分に戸惑っています。そんなの、初恋未体験の中学生だって、漫画やドラマでよくご存じのはずだけど、知っていることと、自分の身に起きることは、違うんですよね。

返歌の女子、作者はだれか見当がついている感じです。「堂々としてる」と自分で言いそうな男子は彼しかいない、と思っているのでしょう。

で、そんな彼にも、自分と同じ弱みがあるという発見は、親近感をグーンとアップさせたはず。

そうそう、私も同じだよ。好きな人の前だと普段通りに振る舞えないよね。返歌は、こんな共感メッセージかな。

後輩たちは、二人は交際中のカップルだと読み解きました。
まず男子作者が二人でいる時のぎこちなさを告白。それを読んで、「実は私も」と彼女が返信したのだと。なるほど。
いずれにしても、恋ってぎこちない、ってことかな。

人前で堂々としてる俺だけど
君の前では俺じゃなくなる
（中3男子）

〈返歌〉
そうなんだはじめて知った君の思い
実は私も私じゃなくなる
（中3女子）

あきらめているけど

これがまたなかなかあわない僕と君
二人の心はスロットマシーン
（中3男子）

〈返歌〉
くじ運は最強ですと占いに
今日こそ君を誘ってみよう
（中3男子）

うまくいかない恋を詠んでいるはずなのに、なんか軽い。自分の恋を語る前置きに「これがまた」なんて他の話題と同レベルで、面白いネタの一つということなのかなあ。そう思うのは、作者が教室のダジャレ王だと私が知っているからかな。

後輩の1年生の意見を聞いてみると、

「この人、告る（告白する）気なんかない。めったに当たらないのがスロットマシーンだし」

「相手には彼氏がいるでしょ。スロットマシーンは絵が三つ回るもん」

「そう、彼女と彼氏の絵はすぐそろって、三つめのゆっくり回るやつが自分で、並ぶかなあ、と思ったらまた外れた、って感じ」

なるほど、作者ははじめから当たらないと思ってるんだ。

あきらめている恋だけど、いつも気にしてるという歌だ、とその場の意見が落ち着きかけたとき女子から衝撃の発言が。

「私、三つそろったことある！　もう、すっごいコインが出た」

おお、一発逆転もありか。教室は明るく盛り上がりました。まあ、どうなったら一発逆転なのか、全くわからないのですけど。

この返歌も、望み薄でも明るくいこうと励ましています。

千回やればいつか必ずきっとあう私もがんばる君もがんばれ（中3女子）

しゃべるふりして

友達としゃべるふりしてあの席へ
ホントは君に会いたかっただけ
（中3男子）

授業の合間、10分の休み時間の風景でしょう。

教室は、およそ40畳ほどの四角形。離れた席でもほんの10歩ほどで到着する距離です。

なのに、「あの席」とか、「会いに行く」とか、狭い教室にしては、大げさな表現になっています。

そう、思いを寄せる相手の席への一歩は、心の中では大移動、ということなのでしょう。

休み時間、友人の席でおしゃべりするには、何人かの机の横を通らなければなりません。

だれのそばを通って行くか、複数の選択肢から選ぶ必要があります。
さらに、友人の机のどちら側に行くかも重要です。男子の机の前後左右は女子の席です。
好きな人のいるクラスでは、ほんの一歩、わずか50センチ動くのも、心臓バクバクなのです。
こちらも「あの席」は遠そうです。

今度はさ友達じゃなく会いに行こうよあの席の子へ思いを告げに（中3女子）

休み時間の教室で堂々の告白はありえないけれど、「あの席の子」のところに直接行くのは、「思いを告げに」行くのと同じくらいの大冒険なんです。荒波に乗り出すような気分なのでしょう。
だから返歌も「いつの日か」なんですね。
休み時間の教室は、狭いけど、広いのです。

〈返歌〉
いつも来るあの人のこと
いつの日か私のほうから会いに行くから（中3女子）

年賀状

お正月男ばっかの年賀状
オレに女は必要ねーぜ

（中3男子）

笑っちゃう。でもこれが中学生男子のリアルな姿なんですよね。憎めなくて好きだなあ。中学生の言葉を借りると、まさに突っ込みどころ満載の作品です。

「オレに女は必要ねーぜ」って言ってる時点で、本当は必要だってわかっちゃうじゃない。

「男ばっかの年賀状」なのは、女子に出してないからでしょ。もらったらこっちだって返事出すのに……。

なんて女子の突っ込みが聞こえてきそうです。

中学生の年賀状、女子は男子の2倍以上書くようです。出す枚数が多ければ、もらえる数も多いわけで、こちらは新年早々の女子の喜びの歌。


お正月君から届く年賀状その日ずーーーっとHAPPY DAY（中3女子）

喜びに水を差すようだけど、もらいたい相手には、冬休み前に住所を聞いたり、それとなく「私にも出してね」サインを送ってたんじゃないかな。

女子からの年賀状が1枚もない男子って、少数派なのでしょうか。取り上げた男子作品にはいじけた感じがありません。

クリスマス、お正月とイベントが続く冬休み。男子ばかりで明るく楽しくぼやく、というのが多数派のような気がします。


クリスマスカップルいちゃいちゃこのやろう俺は悲しいあんたも悲しい（中3男子）

勉強仲間

叶(かな)うなら勉強悩む君にだけ
ヒントをあげてね二人で合格
（中3男子）

〈返歌〉
大丈夫きっと叶うよ君たちは
努力したぶん深まる絆
（中3男子）

高校入試まであとひと月を切った教室で生まれました。「君にだけヒントをあげて」という作者。なんだか自分より彼女のことが心配みたいです。たしかに彼は勉強が得意だし、グループ学習では友人に教えてあげるほうが断然多いけどなあ。

志望校への出願が終わり、受験倍率が公表されているこの時期。給食を食べる間も参考書を見ている子がいたり、ストーブまわりに集まって問題を出し合う仲良しグループがいたり……。勉強に悩みも不安もない中3は見当たらない気がします。

だから、作者が慕う「君」がだれなのか、「勉強悩む君」だけじゃ、まったくヒントにならないんです。少なくとも、私には。

そしてまた、彼は片思いです。私しか知らない極秘情報だけど、告白できないっていう短歌も同時に作っていますから。

でも、返歌の男子には二人がだれかわかっているようです。一緒に勉強しているところも見ていないのに「努力したぶん深まる絆」とは言わないでしょうから。

休み時間、因数分解とか電圧の問題とか教え合っているお仲間同士かもしれません。

この返歌の女子も勉強仲間のように感じます。

その気持ち絶対力になってるよヒントのかわりあなたの気持ち（中3女子）

忘れえぬ時間

中学最後の国語の授業で生まれた相聞歌です。

おそらく片思いのまま終わるであろう作者の、つぶやきのような作品です。

「君を忘れない」ではなく、「一緒にいた時間忘れない」という感覚、卒業直前ならでは、という気がします。

返歌の男子の「お前と過ごした同じ時間」もそう。デートとか、二人きりの特別な時間ではなく、これまで共有した学校での時間が大切だと言っているのでしょう。

これって、卒業生のまなざしで中学生活を振り返って、あらためて発見する自分の気持ちかもしれません。というのは、「卒業」は、過ぎた時間をかけがえのない素晴らしいものに見せてくれる魔法のフィルターだからです。

たとえばこの作品。


三年間振り返りながら点検し後悔はないと再び思う（中3女子）

実際は、ケンカとかいろいろあったはず。なのに、「後悔はない」と思えるのは、卒業前だからでしょう。

「もう同じクラスになることない」好きだった彼。女子作者の選んだ道は、一緒にいた時間を忘れないこと。でも、クラスの中には、卒業をエネルギー

にして、最後に告白する、という女子もいます。
卒業前は、恋を決算するときでもあるようです。

君とはねもう同じクラスになることない
一緒にいた時間忘れない
（中３女子）

〈返歌〉
あのときのお前と過ごした同じ時間
オレにとっても大切なもの
（中３男子）

フルーツサンド

「どれがいい？」あなたと選ぶフルーツサンド
給食時のうれしさ倍増
（中3女子）

〈返歌〉
「どれにしよう」迷ったふりして少しでも
一緒にいれたら幸せ倍々増
（中3男子）

まるパンに生クリームと果物をたっぷりはさんだフルーツサンド。学校給食の年に一度のとっておきメニューです。

「どれがいい?」と尋ねる作者の女子は、給食の盛り付け当番。並んでやってくる級友のトレイに、流れ作業のようにお皿を載せていくのがいつものやり方です。

でも、フルーツサンドは特別なごちそうです。果物の色合いや大きさが微妙に違うので、各人の希望を聞いてから載せてあげるのが、〝当番心得〟とされているようです。

いやいや、希望を聞くねらいは別にあるはずです。そう、大好きな「あなた」に一番いいのをあげたいのです。順番が来た彼に、他の人に聞いたのと同じように「どれがいい」と尋ねながら、彼女のマスクの下は笑顔満開だったことでしょう。まさに「うれしさ倍増」ですね。

返歌の男子が「あなた」本人だったかはわかりません。が、女子作者の心情を実によくわかっています。もらってうれしい返歌だと思います。

中学生好みの表現をすれば、美食と恋の夢のコラボ、ということになるのでしょうか。給食の短歌、中学生の健やかな良さがあふれた名作が多いように思います。中でもこの二人のやりとりは私のお気に入りです。

明るい妄想

高校生活への期待や楽しみを親友と熱く語り合う場面が、そのまま短歌のやりとりになったような相聞です。

これ、半月後は本命の高校入試、という時期の作品。入学後の妄想でなく、合格の夢でも見て最後の追い込みに入りたいところですが、こういう明るい妄想でもないと、自分を受験勉強に駆り立てることができないのかもしれませんね。

実際、「何のんきなこと言ってんの」と小言を垂れるより、「そういう楽しみがあったら勉強もはかどるねえ」と一緒に笑い合ったほうが、彼女たちのやる気は出るんですよね。

返歌は、ダブルデート「妄想」の会話で盛り上がったことを踏まえているように感じられます。

相聞歌の授業では、作者も性別も秘密ですが、普段の会話から、だれの作かわかっていて、返したようにも思えます。あるいは、高校でのダブルデート妄想は、受験直前女子トークの鉄板ネタ（みんなが口にする話題）だったのかも。だったら、女子の多くが、自然にこういう返歌を作る気分になっていたのでしょう。

ちなみに「彼氏さん」は、先輩の交際相手を指す敬語表現だそうです。
ここで敬語が出てくるって、なんだかなあ、リアル高校生活、まだ遠いって感じですね。

高校は親友＋（プラス）彼氏さん
ダブルデートを二人で妄想
（中3女子）

〈返歌〉
ダブルデート妄想だけで終わらせず
いつか絶対してみたいよね
（中3女子）

ドキッ

今まで感じたことのないドキッとする感覚を「これは恋かな」とうたう作者。わが身にもついに訪れた初恋の予感。戸惑いと期待を、女の子らしくかわいく歌っています。

こういう作品には、たくさんの返歌が寄せられます。

多くの同級生が自分の初恋を楽しみに待っているからではないでしょうか。

「きっと恋だよ」という返歌の女子、

「ゆっくりじっくり温めて」と言っちゃうあたり、
初恋はまだなのかな、きっと。

目が合うと心の中でドキッとし
あわてそらすこれは恋かな

（中3女子）

〈返歌〉

その気持ちきっと恋だよこれからも
　ゆっくりじっくり温めていこ！　（中3女子）

作者と同じ体験をしていそうな中3女子の返歌はこうです。

目が合ってあわててそむける顔だけど視線は再びあなたのもとへ　（中3女子）

目が合った見ているだけで幸せに君は気づいた恋してること　（中3女子）

そんな中で異彩を放つ返歌がこれです。

恋かなと思う間は恋じゃない本当の恋は心が燃える　（中3男子）

「本当の恋は心が燃える」ときましたか。

いやあ、参りました。それも二つの意味で。

淡い初恋とはレベルが違うなっていうのが一つです。もう一つ。この作者は授業での爆睡率ダントツです。その彼にこんなに激しい思いがあったこと。

彼と語り合わないまま卒業式を迎えたのが心残りです。

みんな耳を澄ましてる

休み時間の教室って、クラスの個性が出る気がします。作者の教室は、耳鳴りがするくらいにぎやかでした。

部活を引退し、エネルギーを持て余す男子の鬼ごっこ。女子の大笑い。その中で「彼の声だけ探しあてた」というのですから、とんでもない集中力です。

休み時間彼の声だけ探しあて
耳傾けて会話とぎれる

（中3女子）

きっと視界の端でも探したはずですが、姿は見えない。教室にいるはず……。五感を研ぎ澄まし、気配を探る。渦巻く音の中から、ついに彼の声をキャッチします。だれと、何を話しているのか。全身で聞いてしまいます。目の前の友人との会話は遠ざかりますが、驚異の集中力で、女子トークも続けたんだろうな。

1年女子は、先輩の相聞歌を見ながら「空想の」恋バナをするのが大好き。だれの相聞歌かわからないぶん、歌の中の作者の言動に、非常に辛口です。でも、この作品を見た1年女子、一斉に沈黙しました。

一人が小声で「これ、私もしてる」。「うん、そりゃあ、するよね」「普通じゃない？」

しおらしく日常を告白し合っていました。みんなが耳を澄ましてるんだよね。

ちょっとしたあなたの話出るだけで無意識のうち耳が傾く（中2女子）

恋に変わる瞬間

この作品、「憧れが恋に変わった」というのですから、「新たな気持ち」は、「恋しい」で決まり。当たり前すぎて、返歌は来ないだろうな、と思っていました。

ところがそんな受け止めをしたのは、教室では私だけだったようです。

返歌の女子は、それは「いつもと違う心の音」だといいます。

これ、心拍数が跳ね上がってドキッとした、ということでしょう。その後で、胸の異変の理由を理解した、ということですよね。

もっと言えば、普段使っている「ドキッとした」なんて言葉では物足りないし、前から知っている言葉では表したくない体験ということでしょう。

まさに「恋した瞬間の記録」です。

どんな場面だったのか、二人が語り合うところが見たかったな、と思います。

授業では作者は秘密なので、できない相談ですが。

島崎藤村の有名な詩「初恋」では、その瞬間をこう表しています。

やさしく白き手をのべて／林檎（りんご）をわれにあたへしは／
薄紅（うすくれない）の秋の実に／人こひ初（そ）めしはじめなり

中学生には難しい文語ですが、朗読の学習ではかなり人気の詩です。藤村の「心の音」が響いてくるのかもしれません。

憧れが恋に変わったその瞬間
心にできた新たな気持ち

（中3男子）

〈返歌〉
私もさ経験したよその瞬間
いつもと違うの心の音が

（中3女子）

残された時間

気がつけば君を思っている僕がいる
残された時間あと一か月
（中3男子）

〈返歌〉
大丈夫あと一か月あるんだよ
伝える時間まだ残ってる
（中3男子）

「気がつけば君を思っている」という作者。恋の病は重症です。卒業まであと1か月。何をしていても君を思ってしまう僕は、残り時間をどうしたらいいのだろう、ということなのでしょう。

返歌の男子は言います。「まだ1か月ある。好きだって伝えるチャンスも勇気も出てくるよ」

友達を励ますのはいいけど、そのアドバイスはどうかなあ。というのも、この時期は、まわりへの気遣いが一番必要な時期だからです。

早々に合格通知をもらって残りの中学生活を満喫している子、受験を控えて勉強で精いっぱいの子、生徒によって状況がいろいろです。

実は、作者はひと足お先に合格組の一人。授業では、作者は秘密だけど、返歌の男子には、だれの作品かわかっていたのかもしれません。

残り1か月を切るころから、卒業に向けてクラスの雰囲気が盛り上がるように感じます。最後に告白するかどうかも、例年ひそかな話題みたいです。

女子の返歌です。

君の想いきっとその子に届くはず残された時間大切にしてね（中3女子）

時間を大切にっていうところ、これから受験の子にも通じるよう言葉を選んだ気遣いのある返歌だな、と思います。

チラ見しかできない

職員室でこの作品を見て、思わず教室に座席を確かめに行ってしまいました。

作者のA君は真面目な努力家、授業中のチラ見とは縁がなさそうな勉強熱心な少年だからです。彼の集中力をうばうお隣は……。

おお、学年でも人気のあの彼女ではありませんか。A君、君にそんな秘密があったとは。驚きです。

さて翌日、作者は伏せたままでこの短歌を載せたプリントを配りました。教室に静かな衝撃が走ります。

三月にやっと隣になれたのに
チラ見するしかできない毎日

（中2男子）

〈返歌〉
チラ見しかできないことの悔しさを
私もわかるおんなじだから　（中2女子）

「ね、これ、うちらのクラスでしょ」

「3月って今月じゃん」

「だれのこと?」

あちこちからささやきが聞こえます。見ていると、そこここで隣の異性の表情をたがいに盗み見しているのがわかって、つい笑いそうになります。

でも、提出された返歌を見て深く反省しました。みんな自意識過剰だよ、と思っていましたが、チラ見は教室のあちこちで行われていたのです。

月初めにくじ引きで行う席替えは生徒にとっては大イベント。期待と不安、そして焦り。普段見られないせっぱつまった生徒の表情が大好きです。

そのときの生徒の気持ちはこの歌が教えてくれます。


席替えで○○ちゃんはどこかなと言いつつ実は君を目で追う　（中3女子）

好きな人を教えて

「好きな人だれなの？ 教えて」と言われても
言えるわけないいあなただなんて
（中2女子）

〈返歌〉
好きな人今度聞かれたら言ってみな
向こう気になって聞いたのかもよ
（中2女子）

女子同士の会話がそのまま短歌になったようなリアルな作品。返歌の作者も、だれがいつのことをうたっているのか、よくよくわかって返しています。仲のいい女子が、2人だけの秘密の会話を短歌のやりとりで再現しているのです。

ぶつ切りのセリフだけど、なんか魅せられてしまう。それが中学生の相聞歌の力だと思います。とりわけこんな「ノンフィクション」作品には、ごつごつしたパワーがあります。

相聞歌を合唱曲にして、校内合唱コンクールに挑戦したとき、このやりとりを女子だけで歌いました。リアルな言葉に気持ちが乗せやすいのか、生徒の受けも抜群でした。

この作品にはこんな返歌も贈られています。

　気になるのだれが好きなのかだってボクは君のこと大好きだから（中2女子）

男子を装っていますが、作者は女子。彼がこう思っていたらいいのに、という女子の願望を歌にしています。

相聞歌の授業では、作者の名前と性別は秘密にしているけど、さすがにこの返歌が「だれなの？」と聞いた意中の男子からだと思うおめでたい女子はわがクラスにはいませんでした。

「好きだ」という代わりに「だれが好き？」としか言えない男子にしては、ストレートすぎるもの。当然です。

好きな人を教えて1年後

好きな人お前は誰と聞いた後
聞かなきゃよかった後悔する俺

（中3男子）

〈返歌〉
あなたならきっとその人を越せるから
あきらめないで後悔するよ

（中3女子）

卒業直前の作品です。
男女間で問う「好きな人は誰」は「あなたが好き」の活用形です。
勇気が足りない人にとっては、告白がわりの最終手段でもあります。
でもね、勇気が足らなかった分の「ツケ」は返ってくるよね。
たとえば、好きな女子の思い人が自分の親友だとわかったとか、

およそ自分に勝ち目のない学年のヒーローだったとか。

返歌は、そんな状況を想定した上で、作者の彼に、もっと成長しろと言っているのでしょう。

卒業前は、今までの分を取り戻すかのように男女が仲良くなります。打ち解けた雰囲気の会話だったのかもしれません。

だとしても、です。

男子に好きな人の名をまともに聞かれて、答えられる女子なんているのかな。

1年前のこの歌、思い出せたらよかったのに。

「好きな人だれなの？ 教えて」と言われても言えるわけないあなただなんて（中2女子）

後悔が喜びにかわってたかも。

覚えてなくても希望が生まれる返歌もあります。彼女の答えはとっさについたウソだったかも、というのです。

あの時に君だと言えばよかったと後悔してる今でもずっと（中3女子）

卒業まであとわずか。告白の勇気をくれる返歌だと思います。

カウントダウン

サヨナラに向かって朝はやってくる
話すチャンスは残り九日

（中３女子）


卒業式直前、中学生活最後の授業。

「先生、最後の国語は相聞歌にして」

なんて担任のツボを心得たリクエストでしょう。なんだか乗せられているよなあ、要するに恋のポストマンだよねえ、と思いつつも、彼らには切実だもんなあと。

かくいう私も、最後の授業が相聞歌で、ふんわりいい気分です。

卒業式前の教室って、受験直前だからお互い余裕はないんだけど、日脚が伸びるごとにどんどん大人びる数週間でもあって、ほんといい雰囲気になる気がします。

最後だから何でも言える、というよりも、今やっと何でも受け入れあえる時期になったという感じかなあ。でも、さすがの彼らも告白だけはなかなかできない。

卒業まで10日を切って心の風船は破裂しそう。さあ、ガンバレわたし。最後の決意表

明でもあるし、きっと今までと同じで最後までダメだろうなというため息も混じっているかも。

そんな恋の歌へのお返事は、かなり前向きで、妙に実現の可能性が増してくるようです。作者名絶対秘密の相聞歌ですが、教室の雰囲気や作る時期によって作品はずいぶん変わってくるように感じています。

中学3年生の3月、旅立ち前の相聞歌は、恋のつらさや切なさよりも、恋の明るいエネルギーがたゆとうているように思います。

〈返歌〉

がんばって朝が来るのはあと九日
話すチャンスは絶対来るよ

（中3女子）

思い出づくり

作者は片思い。
「ありがとう大好きでした」は、
卒業式までに言いたいと
思っていることです。

「ありがとう大好きでした」そんなこと
言えるわけないでも君が好き

（中3女子）

卒業式は恋の決算期。
教室に卒業までのカウントダウンカレンダーが登場すると、告白の決意を
固める人が続々誕生します。

それにしても、人知れず片思いしてきたのに、いまさら告白したくなるのはなぜでしょう。

一番多い理由は、この返歌に表れていると思います。

その気持ち私もわかるよでもそれは言わなきゃ後悔残るんじゃない？（中3女子）

今まで毎日学校で顔を合わせてきたけど、もうすぐ離れ離れです。会えなくなったら告白のチャンスもなくなります。後悔したくないから、最後のチャンスをさがすのです。告白には勇気がいります。仲間がいれば言えそうだという女子の返歌もありました。

私もねさよならまでに言いたいな勇気を出して一緒に言ってよ（中3女子）

卒業間近の告白は、中学生活の思い出づくりと言った同僚がいましたが、鋭いなあと感心しました。告白がすでに「いい思い出」になった中3女子の返歌はこちら。

「ありがとう大好きでした」この言葉私は言ったよ素直な気持ち（中3女子）

〈返歌〉

伝わるよ大好きだったその気持ち
がんばってね応援してるよ

（中3女子）

揺れる片思い

ああ、これは女子トイレ入り口にある洗面所の一場面ですね。

洗面台の鏡の前で「もう、やだあ」とか言いながら、ぐちゃぐちゃやってる作者をしょっちゅう見ていたので、なるほどそういう事情だったか、と納得しました。

作者は、同じクラスの男子に熱烈なる片思いなのです。彼を見たり、そばにいたりするだけで激しく動揺するくらいに。

色白の彼女、彼のそばにいるだけで顔が赤くなってしまうのが自分でもわかっています。彼やまわりの男子に気づかれたら、とさらにドキドキ。で、毎回トイレに逃げ込んでいたのです。

「もうだめ、もうやだ」といううめきにも似た彼女のつぶやきは、廊下を通る私にもよく聞こえてきました。

何事かとのぞき込むと、いつも横には返歌の作者がいて、

「あっ、大丈夫です」なんてさわやかに答えてたけど、あれは彼女の赤い顔が見えないように、さりげなくかばっていたのでしょうね。

この相聞歌を作ったのは卒業の直前です。

鏡の前で繰り返してきた会話は親友同士の秘密だったはず。それを相聞歌でみんなにオープンしたのは「自分で彼に気づかす」決心がついたからかな、と思います。
決心から実行まで、秘密の会話はまだまだ続きそうです。

「恋しい」と頬を染めるの紅色に
隠れて逃げて気づかないでよ
（中3女子）

〈返歌〉
いつかはね自分で彼に気づかすの！
応援してるよあなたの恋を
（中3女子）

先輩の卒業

大好きなあの先輩の好きな人
私じゃなくて三年生です
（中２女子）

〈返歌〉
切ないね痛いほどによくわかる
あなたの気持ち応援するよ
（中２女子）

卒業式翌日の作品。
うーん、そうかあ。彼女、式が始まる前はとっても元気だったんだけど。終わったとき、目が真っ赤だったのは、先輩たちがいなくなる寂しさだけじゃあなかったんですね。

式の後、在校生と教職員は、校門までずらりと並んで卒業生を見送ります。涙と歓声が入り交じるひとときは、花束を渡したり、握手したり、写真を撮ったり。厳粛な式とは一味違う華やかさです。

そして、卒業生に片思いしている子にとって、本当に大事な時間はこの後です。人ごみの外へ目を向けると、じっと立っている子が何人もいます。意中の先輩に声をかけるタイミングを待っているのです。

友人が付き添っていることも多いけど、せっぱつまった顔を見れば、告白するのはどちらかわかります。

告白のラストチャンス。卒業式の後だけの、特別な告白の言葉は「ボタンください」。好きな人から学生服のボタンをもらうのです。

ああ、でも。

先輩は、「好きな人にだけあげる」第2ボタンを、作者でなく、3年女子に渡したのでしょう。

返歌は作者の親友から。一部始終を知っているから、作者の気持ちが「痛いほどによくわかる」のです。

あの日のドキドキ

十年後相聞歌見て思い出すかな
青春の日々あの日のドキドキ
（中3女子）

〈返歌〉
同窓会集まった時このクラス
結ばれてるかなだれかとだれか
（中3女子）

今のドキドキする日々が、自分の「青春」を象徴する思い出になる。そう感じている中学生の心模様を見事に切り取った作品です。

「すべての相聞歌への返歌」として書かれたこんな歌もあります。

五年後に成人式があるじゃんかみんなでこれを読んでみようよ（中3男子）

中3の終わりに相聞歌を作ると、何年かたったら読み直したい、という作品が出てきます。彼らにとって、今のドキドキがそれだけ輝いているからでしょうね。

卒業式の答辞では、代表の生徒が中学生活の思い出を語ります。登場するのは、部活動や、体育祭、音楽コンクール……。仲間と心を震わせたすばらしい思い出です。

そこには「あの日のドキドキ」は出てきませんが、中学生の心の奥底では、活動の背後にある恋のドキドキが最大の思い出なのかもしれません。

返歌は、このクラスの中で「だれかとだれか」が結ばれているだろうか、と問いかけています。今付き合っているカップルのほかに、予想外のカップルが生まれるのを期待している気がします。

こういうやりとりを読むと、中学生活も、このクラスも、楽しかったんだろうなあ、とうれしくなります。また、数年後の自分たちを楽しみだと感じているところも、中学生のすてきなところだと思います。

本書は２０１２年４月から２０１７年12月にかけて、共同通信社が配信し、全国の新聞に掲載された「ときめく心『中学生相聞歌』」（企画・担当は山田博編集委員。イラストは共同通信社グラフィックス部）を抜粋・再編集したものです。

桔梗 亜紀（ききょう・あき）

島根県の公立中学校国語科教諭。短歌や俳句の創作でお互いの気持ちを共有しあう国語の授業を実施。その様子はNHKの「わくわく授業」などで放映されたほか、2012年から共同通信の配信で中日・東京新聞、北海道新聞、沖縄タイムズなど全国各紙に連載寄稿。

イラスト：菊地 由美子
武蔵野美術大学卒業、共同通信社グラフィックス部所属。

ときめく心
――中学生の相聞歌

発行日　二〇二〇年十二月四日　初版第一刷発行

著者　桔梗 亜紀
発行人　仙道 弘生
発行所　株式会社 水曜社
〒160-0022 東京都新宿区新宿一-一四-一二
電話　〇三-三三五一-八七六八
ファックス　〇三-五三六二-七二七九
URL：suiyosha.hondana.jp/

装幀・DTP　小田 純子
印刷　日本ハイコム株式会社

ISBN 978-4-88065-491-1 C0092